LA PEAU SUR LA TABLE

DE LA MÊME AUTEURE :

Faux départ, Le Dilettante, 2017 ; J'ai lu, 2018.

Marion Messina

La peau sur la table

roman

Fayard

L'auteur de cet ouvrage a bénéficié d'une bourse d'écriture de la Région Auvergne-Rhône-Alpes et de la DRAC Auvergne-Rhône-Alpes.

Couverture : Cheeri

ISBN : 978-2-213-72633-5

« Le malheur est par lui-même inarticulé. Les malheureux supplient silencieusement qu'on leur fournisse des mots pour s'exprimer. Il y a des époques où ils ne sont pas exaucés. Il y en a d'autres où on leur fournit des mots, mais mal choisis. Car ceux qui les choisissent sont étrangers au malheur qu'ils interprètent. »

Simone Weil, *La Personne et le Sacré*, 1943

« Le désordre actuel ne saurait nullement se comparer, par exemple, à celui qui dévasta le monde après la chute de l'Empire romain. Nous n'assistons pas à la fin naturelle d'une grande civilisation humaine, mais à la naissance d'une civilisation inhumaine qui ne saurait s'établir que grâce à une vaste, à une immense, à une universelle stérilisation des hautes valeurs de la vie. »

Georges Bernanos,
La France contre les robots, 1947

« [C]ette "civilisation de consommation" est une civilisation dictatoriale. En somme, si le mot de "fascisme" signifie violence du pouvoir, la "société de consommation" a bien réalisé le fascisme. »

Pier Paolo Pasolini, *Écrits corsaires*, 1975

Las cosas son iguales a las cosas
Aquello que no puede ser dicho, hay que callarlo.

À la mémoire de Jérôme Laronze.

De loin, on dirait un enfant. Son pantalon tuyau de poêle glisse le long de cuisses aussi fines que les mollets. Le long du tendon d'Achille, une fermeture éclair grippée vire au rouge. Les jambes tremblent à un rythme sec, soutenu. Il a rasé son crâne avec une tondeuse, sans sabot. Dans le bocage de ses cheveux ras s'étalent de larges plaques d'eczéma ; ses bras sont tatoués de frais : les vers du Notre Père, comme une antisèche. Jusqu'alors il n'était pas sûr – peut-être n'était-ce rien d'autre qu'un poème.

Seulement maintenant chaque mot trouve un sens qui jalonne le finistère de son existence. Les mains ne tremblent pas. La mâchoire non plus. Son regard se fixe sur une Thémis dont il ignore le nom.

Notre père qui es aux cieux – sa gorge se disloque ;

Que ton nom soit sanctifié – il fait une pause pour frotter ses dents et faire rouler ses yeux; *Que ton règne vienne – qu'il vienne vite, je t'en supplie*;

Que ta volonté soit faite sur la terre comme au ciel;

Donne-nous aujourd'hui notre pain de ce jour;

Pardonne-nous nos offenses; il garde les paupières rabattues, penche son torse sur la droite, se saisit d'un bidon et en déverse le contenu sur le dôme de sa tête. Voilà son baptême;

Comme nous pardonnons aussi à ceux qui nous ont offensés – pardonne-moi, Seigneur, car je ne pardonne pas.

Et ne nous laisse pas entrer en tentation.

C'est là qu'il sort son Zippo. Celui de son père. Ils ont les mêmes initiales.

Mais délivre-moi du mal.

L'odeur monte, assortie d'un grésillement insupportable. On entend des cris escortés de lamentations adolescentes. La musique d'attente du standard des pompiers résonne par haut-parleurs. Des dizaines d'écrans sont braqués sur la torche humaine – l'incendie est retransmis en direct.

Amen.

1

Le même jour, dans un moment sans heure, Sabrina croit entendre une fois encore les cris de Tom. Elle tente de s'étirer mais son corps ligneux menace de se fendre. Ses genoux rigides portent son tronc jusqu'à la salle de bain. Les murs zébrés de moisissures bleuâtres sont parsemés de grosses boules d'humidité semblables à des écrouelles. Des étagères lourdes de cosmétiques bon marché et de serviettes aux teintes délavées manquent de tomber en emportant des lambeaux de plâtre. Elle lance un regard mauvais à la bouteille d'un litre de shampooing aux œufs sans œufs qu'elle dilue depuis deux mois. Enfant, ce shampooing à la texture de morve et à l'odeur de solvant lui donnait envie de vomir. « Shampooing aux œufs », c'est écrit sur l'étiquette dans une police laide, à la manière d'un bambin à la peine avec la cursive. La vision de ce flacon fait bouillir sa bile. *J'ai fait tout ce qu'on m'a dit. Comme il le fallait.*

Dans la salle de bain son corps lui paraît une épave. Elle est jolie – il serait plus juste de parler de charme : une masse de cheveux aux frisettes serrées sur les contours du visage et aux larges boucles sur le dessus et l'arrière du crâne, un nez busqué qui confère du caractère à un visage émacié, de délicats méplats, une bouche à la lèvre inférieure un poil trop grosse, des petites dents bien faites, hormis la canine droite vrillée, des sourcils épais et dessinés (une pointe en circonflexe qui vient picoter les tempes), des attaches fines, des cuisses un peu épaisses pour sa morphologie. La beauté naturelle a quelque chose de paresseux et d'inconvenant – elle l'a senti toutes ces fois au cours desquelles un homme lui a désigné comme jolie fille une nénette ordinaire, à peine mignonne (et encore, pas toujours), transformée par l'apprêt.

Dans la salle de bain, la lumière orangeâtre fait ressortir ses petits boutons et le léger duvet qui fleurit le long de sa mandibule. Elle se sent velue, mal entretenue ; son unique cheveu blanc sembler embraser toute sa chevelure ; elle s'est fait faire des mèches blondes chez un coiffeur pas cher ; le très léger sillon entre ses sourcils lui semble profond jusqu'à l'os.

Ses vêtements se déforment et déteignent au premier lavage. Ils sont mal coupés, mal conçus – elle n'est jamais à son avantage. Elle a vendu ses rares jolies pièces sur un site de vente de vêtements de seconde main, en se jurant de les racheter. Sans qu'elle puisse dire comment, elle sait qu'on voit de loin qu'elle ne sait pas y faire, qu'elle ne vaut pas une cour assidue. Elle n'émet pas le bon signal pour leur faire faire la roue. Cette fin de semaine en liberté tombe mal. Elle aurait adoré s'occuper de la petite, lui faire faire ses devoirs et lui préparer des crêpes. Cela fait un moment que la môme ne rit plus lorsque sa mère les retourne en faisant des bruits de tambour.

La vie de Sabrina, c'est Lina. Une gamine osseuse dont l'entrée en sixième a plongé sa mère dans des abîmes de mélancolie. Une très jeune fille avec des manières de dame et une naïveté de poussin. Arriverait bientôt le jour au cours duquel Sabrina l'entendrait réclamer un sac à main pour y fourrer ses classeurs. Les centres d'intérêt de sa fille se sont déplacés vers une sphère qui lui est fermée : un téléphone que sa jeune propriétaire manipule avec davantage de délicatesse qu'elle n'en a eu pour ses poupons. Le petit objet est devenu son coffre-fort, une annexe de son esprit, et a marqué la fin de la connivence. C'est le père qui le lui a offert, pour que sa princesse et lui puissent s'envoyer des cœurs et se souhaiter bonne nuit. Il y a encore quelques années à peine, l'enfant ne pouvait s'endormir sans un mot tendre de sa mère.

Son ex-mari ne le lui dit pas franchement mais il pense qu'elle élève mal Lina, que la petite qui fait ses devoirs à genoux devant la petite table du salon n'a pas les conditions pour réussir sa scolarité. Pour lui, l'éducation est un problème technique que l'on peut résoudre avec le bon matériel, le mode d'emploi adéquat. Pour qu'un enfant soit heureux, il faut l'amener au parc, faire de son anniversaire une fête californienne exigeant des semaines d'organisation, limiter les grignotages, interdire la télévision, organiser des activités manuelles, acheter des livres – le processus est exigeant mais simple et un père peut s'avérer meilleur qu'une mère. Il n'y a pas de différences entre un homme et une femme face à l'enfant. Les fins de semaine, il se rend injoignable ; il craint de traumatiser la petite en ne lui accordant pas toute son attention.

Lina aime se prendre en photo sous la lumière d'une ampoule. Elle vise le teint angélique (elle connaît l'anglais pour cela, *flawless*), l'œil de velours, la bouche parfaite, la moue espiègle mais prometteuse – une promesse de quoi, Sabrina n'ose y songer. Elle ne sait comment demander à sa fille d'adopter un autre style. Elle souffre de voir son enfant fasciné, happé, par des vidéos de *nail art*, de *playback*, par tout ce vide qui ôte des heures à la vie sans que rien puisse en être retiré. De visage, elles se ressemblent. Leurs casques de boucles ne diffèrent que d'une demi-teinte. Elles ont les mêmes yeux en forme de croissant de lune, noir et noisette. Depuis quelque temps, la petite mène une vie autonome, de plus en plus tournée vers son père, comme un reniement. Sabrina jette un coup d'œil à son téléphone ; rien à relever, hormis une alerte de France Travail, pour un contrat de deux jours dans un entrepôt Amazon, à trente-deux kilomètres de Paris (priorité pour les allocataires de l'allocation adulte handicapé).

Au départ de Nicolas, elle avait déniché, non sans peine, un appartement place des Fêtes, un deux-pièces mal isolé dans lequel elle patiente jusqu'à l'attribution d'un logement social. Il faut compter huit ans en moyenne à Paris pour un dossier comme le sien ; il n'y a plus de logements réservés aux professeurs de l'académie. Lina occupe la petite chambre dans laquelle les vêtements, les accessoires pour cheveux, les diadèmes et les baguettes magiques en plastique, les manuels scolaires, les fournitures d'école sont rangés sur des étagères de couleurs vives. Un phœnix en papier est accroché au plafond constellé d'étoiles fluorescentes. Il trône au-dessus d'un lit à baldaquin recouvert d'une housse de couette fuchsia et de belles peluches que Lina ne regarde plus.

Sitôt l'enfant endormi, Sabrina se ronge les ongles et pianote sur sa calculatrice afin d'établir des budgets de survie, au centime près. Les fins de mois difficiles débutent de plus en plus tôt ; elle n'achète de la viande que pour la petite. Halal, parce que c'est moins cher – les bouchers la connaissent et lui proposent parfois de la barbaque en ristourne. Il faut choisir entre la lessive et le lait. Sabrina retrouve les souvenirs pénibles de son enfance : les courses dans des entrepôts sinistres, le grésillement des néons, les conditionnements en gros, les cartons à ouvrir soi-même, la bouffe encore empaquetée sur la palette, sa propre mère qui, à la caisse, demandait à retirer des articles, son visage blême à l'annonce de la somme à régler, sa voix chevrotante de honte. *Je suis désolée, j'ai mal compté, est-ce qu'on peut enlever le beurre ? Pardon, madame, désolée.*

Un livre lui tombe des mains au moment où la turbine de son ciboulot reprend du service. Encore le môme – et elle ressent une pointe de honte en pensant *ce sale môme*. Sabrina se décide à sortir mais ne va guère plus loin que le petit supermarché. L'unique employé travaille accroupi à réapprovisionner les rayons, écouteurs aux oreilles ; il ne la voit pas. Elle règle ses achats à la caisse automatique ; une voix artificielle lui souhaite une belle journée avec la chaîne de magasins. Elle porte dans le creux de ses bras une conserve de raviolis au bœuf, un tube de concentré de tomate, une barquette biodégradable imprégnée du jus de deux filets de merlan en promotion et une cannette de bière au faux nom d'abbaye allemande ; elle a oublié un cabas et refusé de payer soixante centimes pour un sac en papier.

Elle se décide à rentrer, le temps de poser les courses et boire une bière ; puis elle ressortira pour défroisser ses jambes davantage. Sur le court trajet du retour, elle passe devant trois écrans. Sur l'un d'eux défile une publicité mettant en scène une adolescente à couettes un peu salope qui fait exploser une bulle de gomme à mâcher sous le nez de son père, un comptable en chemisette, ventru, dégarni. *Personne ne te prend au sérieux ? Essaye Swix. Swix, la marque qui te respecte.*

Rentrée chez elle, elle lance un regard au petit roman à terre. Il fut un temps au cours duquel elle lisait des petites choses le soir ; rien de folichon mais des lectures dignes : Simenon, Christie, Giono une fois l'an. Aux élèves des grandes classes, au début de sa carrière, elle avait fait apprendre « Le Chat » de Baudelaire et s'était replongée avec émerveillement dans *Les Fleurs du mal* ; longtemps, elle avait fait pencher les plus grands de l'élémentaire sur *Les Contes rouges du chat perché*. Plus rien de cela : au fil du temps, il était devenu ardu, puis impossible de maintenir leur attention plus de cinq minutes.

Ils sont infoutus de persévérer ; ils se croient méprisés quand ils ne comprennent pas tout de suite. Leurs parents se disent offensés par une mauvaise évaluation ; ils réagissent à la manière de divas irascibles à la moindre critique de leur enfant. Au moment d'entamer une découverte, les élèves demandent à quoi cela *va servir*. Ils connaissent le prix de chaque chose. Ils sont prêts pour la violence, formés pour la concurrence, façonnés par la langue d'Internet. Ils redoutent plus que tout le racisme mais ont assimilé la loi de la jungle – ils rêvent d'être millionnaires par le sport, le cinéma, la téléréalité, l'art conventionnel ou la *start-up*.

Les parents, cadres relégués dans des quartiers frôlant le périphérique, lui reprochent le manque de pédagogies alternatives. Ils n'ont à la bouche que Montessori dont ils ne connaissent que les alphabets rugueux et les images séquentielles. Heureux de se délester de leurs mioches, bambins sur-stimulés dès le stade fœtal par des procréateurs compétitifs et hargneux, ils ne manquent pas de comparer l'école à un système carcéral tout en concoctant à leurs lardons des agendas de ministre. Ces semi-éduqués, seconds couteaux de boîtes de communication ou de publicité, ne cachent pas leur mépris pour Sabrina qui a enduré le même nombre d'années d'études qu'eux ; ils la considèrent comme une nourrice que l'État met à leur disposition et entretiennent avec elle un rapport de client insatisfait.

Sabrina leur préfère les darons à l'ancienne issus de l'immigration ; eux la respectent et la voient comme la grande lettrée qu'ils croisent dans leur journée. Mais ces parents se font rares ; ils s'acclimatent, invariablement, et finissent eux aussi par considérer l'école comme un hall de gare dans lequel déposer leurs enfants. Peu importe que ces derniers en ressortent illettrés ou infoutus de narrer ce à quoi ils occupent leurs journées ; peu importe que leurs professeurs aient eu à préparer un concours difficile pour finir par expliquer la différence entre l'infinitif et le participe passé à des petits morgueux. Les quelques élèves à l'intelligence non pas stimulée, mais naturelle, sont sommés de répéter les mêmes exercices du cours primaire au brevet des collèges – seul le verbiage s'étoffe pour maquiller l'escroquerie. C'est aux professeurs qu'il incombe d'être des faiseurs de miracles ; ils sont en vacances tout l'été, après tout. Quant aux enseignants contractuels, ils partent vendre des beignets sur la plage ou faire la plonge dans les bouges moules-frites du littoral.

Même si elle avait les crédits pour sortir sa classe, elle ne pourrait plus le faire. Les assurances coûtent trop cher, faire signer les décharges aux parents est fastidieux, entre ceux qui chipotent comme des juristes pour le plaisir de la voir bredouiller et ceux qui ne maîtrisent pas la langue pour ces triples axels administratifs. Un dimanche, elle avait dû repasser par les locaux de l'école pour récupérer le chargeur de son portable. Elle avait amené Lina avec elle pour se rendre dans la foulée aux Buttes-Chaumont. La gamine avait glissé et s'était tordu la cheville – Sabrina avait aussitôt pensé au fait qu'elle était dans l'irrégularité : sa fille n'est pas couverte pour les accidents survenus dans les locaux. Après coup, elle avait pris peur : avant d'être celle d'une mère, sa première réaction avait été celle d'une gestionnaire d'enfant.

Retourner travailler lundi est impossible. Les arrêts de travail se négocient comme des otages. Elle doit démissionner. Elle n'a plus envie de composer avec une administration lâche qui lui envoie des courriels truffés de fautes. Elle n'est plus en mesure de supporter des parents odieux convaincus d'avoir enfanté Einstein ; endurer la compagnie de parents gentils mais qui ne comprennent pas un mot de français ; mettre à jour son lexique professionnel comme une commerciale ; accueillir des enfants qui auraient été mieux ailleurs ; essuyer les remontrances des uns et des autres ; passer pour une privilégiée ; faire un peu de tout, mal, sauf son travail correctement.

Tom. Le gosse ne dégage pas de son esprit. A-t-il mal ? Ses parents prévoient-ils de porter plainte ?

Depuis deux ans, porter plainte se fait en ligne, ou via une application – l'on n'y donne jamais suite. Les policiers sont occupés à assurer des contrôles dans la rue, tout comme les militaires transformés en agents de sécurité, la main paresseusement posée sur un fusil d'assaut encrassé. Les attentats de 2024 au Châtelet ont vidé les commissariats et les casernes. Les vendeurs de drogue ne se planquent plus ; malgré le discours officiel contre les violences sexistes, le nombre de viols explose. Personne ne s'offusque d'avoir à présenter ses papiers plusieurs fois par jour, ni même son carnet de vaccination, indispensable pour entrer dans les bâtiments administratifs. Un document unique sous forme de QR code regroupant la carte d'identité, le passeport, le permis vélo, le permis de conduire, le carnet de vaccination, les éventuels permis de chasse, de port d'arme, de pêche, de bateau est en phase d'expérimentation

– les plus enthousiastes peuvent demander à leur banque d'y raccorder leur compte courant.

Sabrina ressort. Elle pense qu'il serait bien qu'elle se rende à Meaux le lendemain. Elle achètera des fleurs pour sa mère. La rue gronde. Une rumeur furieuse grésille aux oreilles, déchirée par des clameurs de désespoir. Les marchands ont rentré leurs produits; les usagers des trottinettes en sont descendus et fixent leur téléphone; les conversations résonnent étrangement. Les mines sont effarées, les yeux écarquillés d'effroi; les femmes ont remonté leur foulard ou leur écharpe sur leur visage afin de soustraire leurs pleurs aux regards des badauds. Sur les trois écrans de publicité devant lesquels Sabrina est passée, pas même une heure plus tôt, s'affiche un corps calciné sur lequel des pompiers déposent avec respect un drap d'un blanc éclatant. En lettres capitales, couleur jaune pisse, est rédigée la légende de l'image : Paris, 14 novembre. Un étudiant s'immole.

2

Dans les temps ordinaires, les talons de la présidente produisent sur la dalle de béton ciré du salon vert un bruit semblable à celui du bec du pic épeiche frappant le bois mort. La femme sèche et droite a pour habitude de faire ici les cent pas – et dans cette pièce seule, si bien que les journalistes politiques ont fait des gorges chaudes en la rebaptisant salle des pas perdus. La présidente ne quitte ses appartements que perchée sur des escarpins vertigineux – une victoire pénible sur une dysplasie de la hanche qu'elle entend commémorer à chaque foulée. À la façon dont certains souffrent du membre fantôme, la présidente maintient un rythme de marche scandé, souffreteux, dont elle peine à se défaire, malgré une thérapie cognitivo-comportementale. Elle se meut sur un rythme ternaire, ce qui lui vaut son surnom de « La Mazurka ».

Seulement, ce jour-là, la présidente arpente les couloirs en chaussures orthopédiques. Elle porte un pantalon de survêtement en satin violine et, malgré la fraîcheur de la soirée précoce, un débardeur qui met en valeur ses deltoïdes bombés. Elle retrouve ses plus proches conseillers dans le salon doré et, depuis la montre carrée retenue à son poignet par un délicat bracelet en cuir végétal, programme des enceintes aux quatre coins de la pièce afin de diffuser une musique apaisante, mélange de sons trip-hop et de bols tibétains. Elle sait que quelques heures plus tôt un jeunot s'est suicidé de manière spectaculaire à quelques mètres de l'Assemblée nationale. Si ce n'était que ça : le gamin a envoyé à toutes les rédactions, posté sur tous les réseaux sociaux, publié sur toutes les plateformes vidéo une confession dans laquelle il livre le nom de ses supposés bourreaux. La présidente y tient : supposés. Rien ne peut donner raison à ce masochiste qui a arrosé son corps de pétrole… Elle ne peut terminer sa phrase. Un geste vague et suspendu indique que la démonstration est faite : s'il avait été victime, il serait resté en vie pour voir la justice à l'œuvre.

Les conseillers ont épluché les comptes bancaires, les relevés de notes, les appréciations des bulletins scolaires du cours préparatoire à la dernière année d'études inachevée. C'est le dossier médical qui donne la clef de l'énigme avec une consommation d'antidépresseurs au cours des derniers mois. La piste du déséquilibré : une aubaine. Le nom d'Enzo Brunet est le plus recherché sur Internet. La biographie complète est en ligne.

Il est né au Cheylard, en Ardèche, une ville pas si paumée dans laquelle il n'y a pourtant plus grand-chose. Le centre hospitalier et le bureau de poste ont été fermés l'an passé. Pas un chevrier méridional mais bien un gosse de zone pavillonnaire qui devait rêver que sa mère lui organise un anniversaire dans un self avec piscine à bulles. Terrible, pour l'identification, se dit la présidente en augmentant le volume d'*Unfinished Sympathy*. Un pur Français moyen, jusqu'à la truffe, l'étoile tatouée sur le coude et la gueule de chien sur le genou qui s'ouvre à chaque pas. Orphelin, en plus. Père agriculteur suicidé aux médocs avant que le gosse ne sache marcher. Une veuve qui a revendu la ferme des clopinettes pour s'éviter un terril de dettes. Élevé seul sur une paye de secrétaire médicale. La mère est une brave femme – la présidente retarde le moment où il faudra regarder la vidéo de sa réaction publiée sur le site du *Dauphiné libéré*.

Enfant solitaire mais choyé, le petit Brunet est entouré de l'affection de ses oncles et tantes des deux rives du lignage. Bon élève, sans plus à en dire, il valide son baccalauréat puis demande à s'inscrire à la faculté de médecine de Lyon. L'algorithme pensé pour répartir les bacheliers donne son aval. On sabre la clairette. L'État lui attribue une bourse insuffisante, à quelques dizaines d'euros près, pour régler la redevance d'une micro-studette vétuste dans une résidence universitaire aux allures de bâtisse dresdoise. Sa mère lui envoie tous les mois cent balles en tirant la langue. Il lui reste à travailler dans un bar de la Croix-Rousse les soirs de fin de semaine et trois midis dans un bistroquet où il guette le pourboire, quitte parfois à récolter celui qui ne lui est pas destiné. C'était à attendre, il ne valide pas son année mais la nouvelle politique « pour la méritocratie » exige des mal investis dans leur cursus de dégager au premier échec. Il rentre au bercail la tête basse et la mâchoire serrée.

La défaite universitaire prive les damnés d'une possible seconde inscription dans le public. Puis les planètes s'alignent comme des garces et on diagnostique un cancer à la veuve Brunet. Le sein. Sitôt la nouvelle tombe qu'elle se tourne vers lui : *tu penses que c'est parce que je ne t'ai pas suffisamment allaité ?* Elle se refuse le droit de mourir – le sort de son petit la tracasse plus que l'état de ses mamelles polluées. Le temps de la convalescence, c'est lui qui conduit, fait les courses, remplit les documents administratifs, patiente au téléphone jusqu'à entendre un être humain qui lui dit sur un ton désolé qu'il ne peut rien faire – soit parce que le contrat ne prévoit pas ce qui est demandé, soit parce que le logiciel ne permet pas d'entrer une information.

Dans les crises qui suivent la chimiothérapie, la veuve Brunet est trop faible pour aller aux toilettes et se souille dans des sanglots étouffés. Ses sœurs se cotisent pour une perruque dénichée sur l'Internet chinois : un carré lisse aux cheveux synthétiques qui semblent faits de fils de pêche. Enzo cherche à obtenir un remboursement partiel de l'Assurance maladie. Un assistant virtuel programmé pour décourager lui répond en boucle que la perruque doit être composée à trente pour cent de cheveux naturels ou que les crins artificiels doivent être implantés exclusivement à la main sur au moins 30 cm^2. Cela, on le sait parce qu'il a tenu à l'évoquer dans sa confession. Sur le seuil du martyre, il tenait à le dire : il voulait que sa mère ait des cheveux sur sa tête et on lui a répondu avec des statistiques, des chiffres absurdes frisant la saloperie, un « on » planqué derrière un robot à nom anglais : TellMiAmeli.

Lorsque sa mère est remise sur pied, il ressent l'envie de reprendre ses études. Une publicité sur Internet lui présente une école des métiers du Web, à Paris. La mère s'endette. Monté à la capitale, il passe la première semaine de cours dans un petit hôtel colonisé par les punaises de lit et les prostituées. Il se retrouve à la rue. Un camarade d'école lui propose de l'héberger. L'ange gardien est le doyen de la promotion. Il n'a jamais su trop quoi faire de sa vie, mais ses parents le soutiennent dans tous ses projets. Il occupe un appartement offert par son père à ses enfants afin qu'ils suivent leurs études en toute autonomie, rue Bonaparte. Il est fiancé à une jeune femme, en Chine pour quelques mois, le temps de valider le stage de son magistère à Dauphine. Enzo loge chez lui depuis trois jours quand il rencontre ses amis. Ces derniers débarquent solidement éméchés, une bouteille dans chaque patte, prêts à brailler en envoyant le monde se faire foutre, à se cogner contre les murs comme des mannequins de *crash test*. Ils exultent sans joie ; ils transpirent et suintent la folie entretenue, désirée. Ils sont pareils à des enfants fous qui auraient piétiné la nuque de leurs parents.

Ils déversent dans un saladier la moitié d'une bouteille de pastis et un tiers de flacon de vodka russe auxquels ils ajoutent du rhum blanc, du génépi et du Cola. Deux grains de maïs soufflé oubliés flottent à la surface comme des radeaux de sauvetage. Le saladier passe de main en main – le premier à vomir récolte un gage. Enzo n'encaisse pas. Alors, il sent plusieurs mains l'agripper, le maintenir fermement ventre face au canapé et baisser son pantalon, puis son caleçon. Il croit percevoir des remarques sur l'état de son dessous. Il ne voit plus les visages. On a appliqué contre ses narines un tissu à l'odeur adipeuse. Son corps entier est coincé, enserré dans un matelas de mousse. Puis, la déchirure dans le bas du dos. Un écartèlement intime, la sensation du sang chaud. On éclate de rire.

Tout est brumeux mais il perçoit nettement un mot : bouseux.

Le lendemain, il s'éveille bordé jusqu'au nez. Le drap et la taie d'oreiller sont brodés, parfumés à l'eau de linge à la lavande. Tout le linge de lit est tendu de propreté comme dans une chambre d'hôtes à la campagne. Le matelas est moelleux ; le confort monte à son esprit embrouillé comme une incongruité. La douleur rachète l'amnésie. Enzo grimace en tentant de se redresser. Aussitôt, son camarade vient à lui, l'air dévasté. Il lui assure qu'un médecin l'a visité, qu'il importe de rester immobile quelques jours, pour les points. Ainsi, tout rentrera dans l'ordre. Il dessine un sourire sur ses lèvres blêmes. Enzo se refuse encore à nommer ce qui s'est passé. La petite bande a simplement voulu s'amuser, la taquinerie est allée trop loin. C'est malheureux. Déplorable. Mais les jeunes gens ne peuvent se retrouver devant le tribunal pour une bêtise de jeunesse. Son protecteur lui remet une enveloppe aux dix billets de cinq cents euros.

Par la suite le colocataire se montre cordial mais reste sur ses gardes. Il lui rapporte les notes prises en cours afin qu'Enzo ne prenne aucun retard et évoque les personnes avec lesquelles il pourrait le mettre en contact, dans l'après. Il lui apporte des plateaux dans la chambre. Enzo devine la présence discontinue d'une boniche qui doit ressembler à sa mère. Il ne peut plus reculer ; il pense à la seule sur cette terre qui croit encore en lui, au point de se coller une dette nouvelle sur l'échine. Il craint de se trouver à la rue ; il n'a pas le pedigree d'un chat de gouttière.

Le moment venu, l'hôte demande au gosse Brunet de partir. Les jours froids sont installés, il est annoncé sur toutes les chaînes d'information en continu que la France se prépare à un froid historique. Enzo panique et supplie son camarade de rester. Il a abdiqué – quelle serait sa dignité sur un carton, le corps puant à dix mètres ? Il sait ce qui l'attend mais ce qui se passe ensuite est pire que tout – pire que la mort qu'il se choisira deux ans plus tard. Il rejouera près d'une centaine de fois la scène initiale, avec plus ou moins d'alcool dans le sang. Il travaillera avec des filles et des garçons. On lui a déjà fait comprendre qu'il ne s'en tirait pas si mal, il aurait pu travailler à la caisse d'un supermarché ou à l'usine. Louer son cul n'était pas chose plus dégradante que louer ses bras.

Ils m'ont tous dit ça. Je ne sais pas si un seul d'entre eux a travaillé dans sa vie. Je sais que vous vous demandez de qui je parle. Les noms, les voici.

La présidente arrête là, juste à temps. Les noms jetés en pâture, elle les connaît déjà. Ses conseillers lui ont fourré cette liste jusqu'au fin fond du gosier avec un entonnoir. Faire quelque chose, à tout prix. Le silence serait un aveu pour la foule. *Quel peuple de connards. Ils sont nés pour m'emmerder. Incapables de réfléchir, toujours à se rouler dans le pathos comme les porcs dans la fange. Sombres crétins. Fuck. Fuck. Fuck.*

Le nom du fils Bergé-Lefranc est tombé. La présidente, qui n'a pas d'enfants, est sa marraine. Elle a dû affronter un scandale, au cours de son premier mandat, en raison du poste qu'elle lui avait confié dans le dossier de la privatisation définitive du rail alors qu'il n'était qu'en deuxième année (doublée) de droit à Assas. La fille El Khoury, héritière par sa mère d'un empire de la pétrochimie accusé de financement frauduleux de la dernière campagne électorale de la présidente, est une petite conne au verbe haut et à la sémantique creuse. Rien d'étonnant à l'imaginer boudinée dans une robe à strass en train de filmer un viol. La grande dame croit entendre ses rires caprins résonner sous les dorures. La présidente déroge de sa ligne de conduite pour un verre de cognac-Cola.

Il faut dire la vérité.

Elle reprend une gorgée, fixe longuement chacun de ses mignons à l'index suspendu au-dessus d'une tablette dans une posture d'angelot qui pointe le Très-Haut.

Il faut mar-te-ler ceci : Enzo Brunet était dépressif, sous traitement et traumatisé par l'épreuve du cancer de sa mère. N'hésitez pas à sortir les violons – c'était un orphelin. Tout cela nous donnera l'occasion de rappeler nos efforts en faveur de la lutte contre le cancer du sein. On pourra rappeler que les femmes sont plus souvent victimes que les hommes de tout un tas de maladies. Démerdez-vous mais arrivez à caser quelque part que cette histoire me touche particulièrement en tant que première femme cheffe de l'État. Voyez avec les services si on peut lancer une grande campagne contre la psychophobie assortie d'un numéro vert pour que les dépressifs à la Brunet ouvrent leur claque-merde au lieu de s'immoler sous le nez de nos députés. Mettez les gamins visés par ce taré à l'abri pour quelques jours, on ne sait jamais.

Elle se redresse ; ses veines battent le long de ses biceps.

Je veux que tout ceci soit oublié dans une semaine. Trouvez autre chose à leur foutre sous la dent.

3

Le lendemain est un jour ouvré comme un autre, à six cent six kilomètres de la rue Saint-Honoré. La direction du magasin avait assuré que le travail dominical ne reposerait que sur la base du volontariat. A priori, passer sept heures de plus sous les néons le seul jour au cours duquel il est possible de profiter des mômes est peu propice à l'enrôlement volontaire. Seulement, l'année du Grand Hiver, coïncidèrent explosion du prix de l'électricité et possibilité nouvelle de travailler sept jours consécutifs. Le volontariat se mua en nécessité avant le 1er janvier et le triplement de salaire proposé comme appât aux « équipiers » fut divisé par trois. Au Super U du Cheylard, Paul est boucher. Il est aussi docteur en littérature comparée, mais personne ne le sait, bien qu'on le soupçonne de n'avoir pas tout dit. Paul tient à siéger derrière sa banque réfrigérée le dimanche, jour des grillades, car il est assuré d'avoir une cadence respectable à tenir, ce qui lui évite la caisse vers laquelle on l'expédie de plus en plus souvent. Il y a aussi une raison que Paul ne reconnaîtra pas : il n'a pas d'enfants.

Les clients des environs ne passent quasiment plus par le coin boucherie ; ils achètent des steaks de vieille vache laitière aux surgelés, du pâté en pot au rayon épicerie sèche ou du jambon rose bonbon en barquette à côté des crèmes dessert. Le rayon poissonnerie a été bouclé et l'espace dégagé est occupé par des cartons très profonds au fond desquels piocher des sachets de macaronis à prix cassé. Le rayon des fruits et légumes andalous s'est rabougri, lui aussi. Quelques années plus tôt, Paul voyait les clients ne pas lésiner sur la marque pour le soda sombre ou la pâte à tartiner. Même dans leurs dérivés *discount*, ces denrées ne partent plus. Les clients misent tout sur les paquets de riz d'ordinaire vendus chez les grossistes, les pâtes et les biscuits. Les corps sont empâtés par le sucre et l'inflation.

Parce que les clients ne passent plus par les rayons spécialisés qui maintenaient l'illusion que le supermarché était un marché super, Paul sait qu'il devra sous peu quitter sa barbaque pour rejoindre les machines à bip. Bientôt, il le sait, il s'y prépare, il scannera des conserves de flageolets de la marque « anti vie chère » près des collègues à qui il est interdit de parler pendant le service. Comme elles, ses épaules lui feront des reproches dès le badge présenté à Sainte-Pointeuse. Comme elles, il chialera dans l'habitacle avant le premier feu rouge tant ses épaules le persécuteront. Comme elles, il tâchera de trouver de la difficulté dans son travail, retiendra tous les codes des produits sans barres et se lancera dans d'épiques concours de vitesse avec ses camarades. Comme elles, il passera devant le médecin généraliste pour se plaindre de l'acidité de ses articulations et se verra prescrire du paracétamol.

Paul a enfin un client pour une côte d'agneau. Fin stratège, il désinfecte sa feuille de boucher à la lingette avec la lenteur d'une courtisane servant le thé. Le protocole hygiène du magasin fait plus de cinq cents pages ; des formateurs arrivent régulièrement de Lyon ou de Grenoble pour le mettre à jour et en avertir les salariés, heureux de poser leur cul en sirotant du café d'automate avec une mimique d'esthète. Le gosse Brunet. L'air ne bruisse que de son nom et le client à la côte d'agneau accompagné de son teckel en deux dimensions ne fait pas exception. Le fameux Enzo, Paul se souvient de l'avoir vu il y a une dizaine de jours. Ce qui l'avait marqué, c'est que le blondinet lui avait demandé où trouver de la sole, ce que personne ne lui avait jamais demandé, même du temps de l'étalage « produits océan ». Paul ne comprend que maintenant que le gamin voulait acheter du poisson frais pour sa mère, probablement pour la gâter au cours du dernier dîner. C'est l'image de la Cène qui lui vient à l'esprit. *Tu mangeras ce poisson frais du Super U en souvenir de moi.*

Pour s'évader, Paul se prête quelques secondes à son jeu favori : l'entomologiste de grande surface. Cirrhoses et cyphoses mènent la danse; sur les femmes pendouillent des vêtements démodés de quatre ou cinq ans : pulls en fibre synthétique détendus, faux mohair, fausse laine, quelques perles de pacotille cousues au hasard, lambeaux de skaï aux pieds, semelles dégueulant du carton. Les cheveux des dames endimanchées dans leurs chiffons chinois sont secs et fourchus, martyrisés par les balayages à l'ammoniaque et le fer à lisser qui laisse planer une odeur de brûlé dans la salle de bain. Les tignasses rêches sont retenues par des pinces en plastique achetées en lot dans les tout-à-dix-balles. Les hauts lâches laissent voir une épaule marquée par un tatouage grossier : un idéogramme, une date en chiffres romains, un prénom inventé par les parents gravé dans la chair dans des arabesques mal dessinées.

Il y a beaucoup de tatouages sur les avant-bras et les mollets masculins : des pastiches d'art tribal ou de visages de bambins ; parfois, l'image d'un chien tant aimé. Les arcades sourcilières sont ornées d'une petite pointe de flèche finition boule fluo. Les enfants gras et carencés se courent après et conversent de marques ou de jeux en ligne ; ils peuvent causer des différences d'agencement entre les grandes surfaces du coin et comparer de mémoire les prix de leurs articles préférés d'une enseigne à l'autre. Les parents distribuent des baffes au hasard ; ils sont impassibles devant la turbulence et l'impolitesse, mais sévissent sans pitié pour un soda renversé. Les jeunes couples arrivent avec le catalogue des promotions roulé dans le sac à main de madame ou dans la poche arrière du pantalon de travail de monsieur ; ils poussent leur caddie comme un landau. Dans ce coin, on ne fait plus de gosses. Il n'y a pas de travail, pas d'hôpital, bientôt plus d'école et le déracinement est inenvisageable. Autant rester ici, sans mômes – il y a déjà les vieux dont il faut s'occuper.

Dans cette province que Paul s'est choisie avec le bon flair de l'urgence, il ne faut pas grand-chose pour faire tache ; la norme est à la petite tare : zozotement, strabisme sans rééducation, chicot égaré, canines atrophiées, couronne métallique. L'allure dégingandée de Paul ne suffit pas pour l'identifier comme membre de droit de la confrérie. Il porte une petite barbe hirsute de flemmard mais dégage une odeur douceâtre, des relents d'un parfum de luxe que sa mère lui offre à chaque Noël. Aux antipodes de ses projections lorsqu'il a pris son poste, l'équipe l'a très bien accueilli. Il ne peut passer une pause seul ; les dames des caisses lui proposent à chaque fois des chouquettes ou des viennoiseries au goût d'huile qu'il digère mal. Elles lui parlent des enfants, des petits tracas avec le responsable, des congés refusés pour éviter l'embauche des remplaçants, l'été. Il arrive que Paul corrige les lettres de motivation pour les stages de troisième de leurs adolescents qu'elles désignent encore par « mon bébé ».

Elles se confient à lui comme à un vieil ami ; il ne dit rien ; il les aime beaucoup, au fond. Au moment de partir, elles lui souhaitent bon courage avec un signe de la main qui ressemble à un adieu. Les journées sortent toutes du même moule. Sa vie est plus facile que la leur ; il a honte de rapporter discrètement chez lui autant de viande à congeler. Il est invité aux anniversaires des légitimes et des princes héritiers ; il offre des livres sous les remarques taquines ; les ouvrages sont déposés entre deux bibelots et ne changent plus de place.

Les maisons dans lesquelles Paul visite ses collègues sont toujours un peu les mêmes : des pavillons aux murs peints en blanc tapissés de photos de mariage gênantes ; la décoration, inspirée par un programme télévisé, se résume à de gros autocollants de fleurs mal déposés – de grosses bulles d'air leur donnent un aspect bubonique – et d'horloges bon marché qui imitent celles des gares. Il y a parfois de grosses lettres en carton qui forment les mots « Love » ou « Life » sur des meubles en aggloméré et des photographies en noir et blanc de New York ou Londres ; seuls les cabines téléphoniques et les taxis sont colorés, voire agrémentés de paillettes. Le poste de télévision est aussi large que le mur ; il repose sur un meuble en plastique qu'il faut dépoussiérer quotidiennement à cause de l'aspect laqué.

De temps à autre, les femmes se plaignent de leurs machos de maris. Ces derniers se croient virils et se passionnent pour d'éphémères héros sportifs aux allures d'éphèbes trafiqués, pour la guerre, le Midwest américain et sa musique grinçante. En réalité, la plupart de ces hommes sont parfaitement accoutumés à obéir et à s'insinuer dans les bonnes grâces de leur chef. Bien entendu, ils détestent leur travail, même s'ils préféreraient crever que se retrouver au chômage, et on les entend bougonner « heureusement, c'est vendredi » ou « on fait aller, comme un lundi ». Ils sont plus dociles que les femmes qui occupent les mêmes fonctions – les premiers cherchent l'agrément et les secondes le salaire, pour les marmots. La personnalité de ces hommes est un mélange de soumission féodale et d'impuissance moderne.

Presque sans protester, avec soulagement, leurs aïeux ont accepté d'être dépossédés de toute propriété et de renoncer à leur indépendance pour devenir les rouages d'une machine complexe. Ils se sont soumis à la destruction de l'économie naturelle entre voisins et à la destruction de leurs propres foyers, de leurs propres clans. Ils ont donné leur aval, aveuglés par des chimères si ridicules qu'on préfère encore feindre de leur trouver quelque attrait, à la profanation et au pillage de leur campagne – puis ils ont continué à croire, à obéir et à voter. Comment s'étonner alors que leurs descendants soient devenus fétichistes de la violence ?

Paul ne rencontre plus que des gens inquiets de la hausse du coût de la vie, des travailleurs épuisés qui ne veulent plus payer des services et des abstractions, des citoyens pas bien formés aux choses de l'esprit mais suffisamment vifs pour reconnaître les miasmes dans l'air du temps : les cadeaux fiscaux, la corruption, les maires pourris, l'impunité, la morgue des puissants, les zones grises, ni urbaines ni sauvages, enlaidies par la grande distribution dont on ne peut plus se passer, le mépris du beauf; ils se sentent détestés et ne comprennent guère pourquoi. *C'est sûr, si on crève tous, c'est bon pour le climat !, juste bons à payer, ils savent pas qu'on existe jusqu'au moment de voter* - voilà ce qu'il entend de plus en plus souvent, chez eux, en salle de pause, entre les rayons, au milieu d'une conversation de clients sur le prix des pâtes qui a doublé en un an. Internet n'a pas structuré leur argumentation mais les équipe de faits et, sous leurs airs empotés, certains se révèlent de formidables harangueurs. On ne regarde plus aussi sérieusement qu'avant les informations du journal télévisé. On méprise les journalistes qui s'en offusquent, arguant être l'incarnation du monde libre et de la liberté d'expression.

Les rapports de Paul avec la direction sont moins naturels qu'avec ses collègues. Les relations avec les chefaillons reposent sur des mécanismes de communication pervers. On lui reproche de ne pas avoir la peur du gendarme, de ne pas acquiescer par automatisme. Il ne fait rien qui pourrait faire l'objet d'un blâme mais il lui est reproché, à chaque occasion, de n'être là que pour le salaire, de ne pas manifester d'enthousiasme, d'esprit *corporate*. Les sous-responsables du magasin entendent chacun étendre leur zone de domination et se mêlent avec délice des affaires des autres afin de prouver au grand manitou qu'ils font mieux que leurs homologues. Cette manœuvre amène les travailleurs à être constamment épiés et soumis à des ordres contradictoires, le plus souvent émis par des petits despotes qui ne saisissent pas tout à fait ce à quoi les salariés sont tenus.

Après son recrutement, Paul a appris l'art de découper la viande comme il aurait appris le sanskrit. On l'apprécie ; on se moque gentiment de lui. Cette place n'est pas vraiment la sienne, mais c'est un faute de mieux acceptable. Il est poli avec la clientèle qui n'y connaît rien et demande *de la viande*. Pour la barbaque, il se découvre des talents de pédagogue. C'est cocasse, il a tellement répété qu'il ne serait jamais prof... Les mois filent ; une fois par trimestre il monte à Paris comme sur l'échafaud pour voir ses parents.

Il ne supporte pas d'arriver sur le périphérique, cerné de bâtiments aux formes pointues et aux vitres triangulaires, les messages infantilisants en lettres orange sur l'autoroute et sa mère qui l'accueille toujours comme s'il n'était jamais parti, comme s'il n'avait pas changé de vie. Elle ne lui demande pas comment les choses se passent là-bas, loin d'elle ; elle reprend les conversations là où elle les a laissées au téléphone. Elle ne parle que d'elle, de ses cousines et de ses rares copines, toutes d'anciennes collègues. Paul se demande si elle a honte de lui ou si vieillir lui est insupportable au point de faire de son grand garçon son confident. Être confronté à ses parents est de plus en plus difficile ; eux qui n'ont aucune raison apparente de se plaindre sont moroses.

Quand il monte à la capitale, donc, il est chaque fois un peu plus frappé par le délitement. La ville n'est pas plus sale, ou si, mais ça il s'en moque. Pour lui, une ville n'a pas à être propre, une ville se doit d'être dynamique, prometteuse, vivante. Il se contrefiche des trottoirs immaculés et de l'odeur de Javel sur les poignées auxquelles s'accrocher dans le bus. Pour lui, une ville ne peut s'endurer qu'en l'échange des services qu'elle propose. Mais, en dehors des coins maintenus sous cloche, il a le sentiment d'évoluer dans les galeries d'un site de vente en ligne. Les magasins sont franchisés, les touristes sont épatantes de vulgarité et portent des bérets en fourrure rose pour faire *frenchie*, les vendeurs de boustifaille ne se cachent pas de décongeler de la mouise, des magasins de vêtements sortent des airs de musique en conserve, les musées présentent des expositions sans queue ni tête pour montrer qu'ils ont à cœur de ressortir des tiroirs à archives des femmes artistes. Il est évidemment possible d'échapper à cette dubaïsation d'inspiration nord-américaine manufacturée en Chine sur la rue du Bac. Mais c'est un peu loin et ça sent la naphtaline.

Paul n'est pas vraiment de Paris. Il est né à Boulogne-Billancourt d'une mère professeure de français en classes préparatoires et d'un père pneumologue ; ses grands-parents paternels avaient vécu à Sèvres dans une grande demeure bourgeoise qui avait été revendue à un prix à peine dicible. Il a encore des souvenirs de cette maison dans laquelle on parlait de faïence biscuit, de passementerie et de broderies pour guimpes de baptême. Il avait passé des heures dans la bibliothèque à attendre que sa grand-mère acceptât de vérifier la propreté de ses mains avant d'y glisser un ouvrage de Balzac, reliure cuir, lettres dorées, pages à peine jaunies, édition Jean de Bonnot – cela coïncidait, cohabitait comme par miracle avec le « Club Dorothée » et la Game Boy.

Tout dans cette demeure éclatait d'un charme vieillot et émouvant ; le moindre objet était une merveille de raffinement et de robustesse ; les choses étaient à leur juste place. L'ordre sacré, matériel et mystique de l'ensemble eût laissé songer à l'existence d'une civilisation propre, d'une civilisation bourgeoise. Le jardin était un jannah. On grimpait aux cerisiers tandis que les adultes se désaltéraient de vin pétillant bien frais ; on se gavait de framboises puis on allait se promener autour des étangs de Corot. Il avait grandi à quelques kilomètres de Paris et à l'écart du monde.

Élisabeth, sa petite sœur, a accouché d'une fille et se sent dépassée ; la grand-mère a aménagé une chambre et la petite peut passer plusieurs jours loin de chez elle, le temps que ses parents se reposent. Paul sent que sa mère se morfond d'avoir une descendance aussi timorée. Il est su, et c'est un sujet tu, que l'aîné de la fratrie, expatrié en Suisse, gagne plus que les trois autres réunis ; Élisabeth est devenue neurologue et Antoine, le petit dernier, conservateur du patrimoine en Gironde. Le seul à n'avoir pas soutenu de thèse est celui qui vit le plus grassement.

Quand Paul quitte l'Ardèche, elle lui manque, telle l'amoureuse dont on ne voudrait jamais se défaire. Il lui tarde de retrouver sa bicoque peuplée d'araignées, d'opilions et de lépismes. Il aspire à toucher la viande ; il s'est trouvé un domaine dans lequel exceller, un artisanat délicat perçu comme un boulot sale. Il jouit de l'espace et du silence ; cette zone abandonnée, se dit-il, c'est un mal pour un bien : elle a des faux airs de territoire pour pionniers. Il faut se démerder, forcer les amitiés, apprendre à faire par soi-même, mettre son ego de côté pour tailler la bavette avec les mécanos surdoués qui se font payer au ballon de rouge – il est certain que les rares agents de l'État qui viennent pour contrôler et mater ne sont pas perçus comme des protecteurs mais bien comme des racketteurs. La défiance vis-à-vis de tout ce qui passe pour institutionnel, Paul l'a vue progresser. On laisse crever les gens dans le froid et l'isolement mais on envoie, comme au temps des lointaines colonies, de temps à autre des agents avec prime pour venir voir si le petit peuple se tient à carreau.

Parfois, l'appel de la ville résonne au crépuscule ; alors Paul se souvient des files d'attente, des espaces exigus, de l'émerveillement qu'il éprouvait à Paris devant la moindre herbe folle qui se faufilait entre les pierres grises et il se sent pris aux tripes par sa terre, la forêt qui ceinture sa vision, l'odeur de sa maison après la pluie, la douceur des soirées d'été à l'agonie. Il pense aux contrôles et aux palpations à l'entrée des salles de concert, aux échanges houleux avec le quidam, à la paranoïa, aux consignes de sécurité, aux messages par haut-parleur pour rappeler de s'hydrater, aux applications conçues pour rendre payants des coups de main jadis gratuits et il sait qu'il a fait le bon choix.

4

Le suicide d'Enzo Brunet est une résurgence du destin dans la conscience de Sabrina. Elle n'est pas du genre à s'attarder sur les faits divers – ceux avec les enfants la mettent mal à l'aise à cause des réactions qu'ils engendrent. Elle déteste le dépôt d'ours en peluche sur les lieux du crime, les marches blanches, les carnets du souvenir en ligne, la compassion forcée par les circonstances, les poncifs débités par les inconnus interrogés à la télévision, les bonnes femmes qui s'identifient à la mère et qui le font savoir comme si cela les ennoblissait. Mais ce fait divers-ci la chamboule et la transporte dans des souvenirs aux relents religieux qu'elle refoule depuis quelque temps. Le mektoub. Avant même de décider de se donner la mort, avant même de naître, Enzo Brunet était apparu sur terre pour s'en retirer – ce n'était pas un geste humain mais la main de Dieu. C'était un crime avec préméditation.

Elle a préféré ne pas aller chez ses parents comme elle essaye de le faire tous les dimanches, Lina ou pas, même si la gamine refuse de plus en plus bruyamment de se rendre chez des vieux qu'elle juge ennuyeux. *C'est le bout du monde, en plus, ce bled*. Sabrina a appelé sa mère qui lui a demandé si c'était à cause du gamin vu à la télé et elle n'a pas répondu. La mère a prononcé une douâ et les deux femmes sont restées mutiques, sans gêne. C'est lorsqu'elles bavassent qu'elles cachent quelque chose. Ces deux-là se passent de mots ; elles n'ont jamais dépassé l'indépassable, la fusion entre la mère et son enfant. Ce rappel mortifie Sabrina, qui la renvoie à la dislocation de ses relations avec la petite.

Si Sabrina se trouve piégée dans un état second par l'affaire Brunet, c'est qu'elle a vu la vidéo de la veuve, interrogée par le canard local. Le lendemain de sa publication, la vidéo est la plus regardée sur la Toile, tandis que le gouvernement incriminé s'est fendu d'un communiqué :

La mort tragique d'Enzo Brunet nous rappelle les efforts que nous devons toutes et tous continuer de mener en faveur d'une prise en charge humaine, inclusive et non discriminante des troubles mentaux. Le plan quinquennal de la lutte contre la psychophobie marque la volonté du gouvernement et de la cheffe de l'État de protéger chaque femme et chaque homme.

La veuve Brunet, qui ne sait quand elle pourra enterrer la carcasse carbonisée de son fils, apparaît donc chez elle, assise à sa table de cuisine recouverte d'une toile cirée avec des cœurs, la gueule sous un spot vif dans la soirée du samedi, quelques heures après la crémation in vivo. Elle porte un pull rose fuchsia griffé Harvard University 1986 qui jure avec son teint de fumeuse mal nourrie. Sur sa droite, un mug avec la photo d'une de ses nièces offert au dernier Noël crachouille la fumée d'une chicorée bouillie. L'ensemble est aux antipodes de ce que Sabrina s'attendait à voir et entendre – l'exercice n'est pas surréel, la femme n'est pas sonnée : tout transpire la crudité de l'existence. La mère Brunet parle sur un ton neutre, monocorde, celui qu'on entend dans les casques d'audiodescription pour aveugles. Elle répète, à son tour, les noms donnés par son fils – ces noms, ajoute-t-elle en conclusion, il ne faut pas les oublier. Ils sont la clé de l'affaire. Chaque personne citée par Enzo doit rendre des comptes.

La liste Brunet : Constance El Khoury, Édouard Bergé-Lefranc, Anatole de Baecque, Louis Boileau, Christian Zang, impossible de tous les retenir mais chacun évoque à Sabrina un parfum de scandale vite éventé. Elle n'est pas politisée – elle n'est jamais dans l'affirmation, encore moins dans la revendication mais ses collègues le sont. Elle est abonnée à Mediapart par procuration. Il y a eu, ces dix dernières années, tant de scandales, de révélations, de lanceurs d'alerte, d'articles dits chocs, qu'elle peine à comprendre où elle vit.

C'est vrai que l'administration est tatillonne, qu'elle s'adresse aux citoyens comme à des délinquants pour un défaut de paiement de trente balles à la cantine, en même temps qu'il est porté au su de tous que certains ont des arriérés fiscaux de plusieurs millions sans en être inquiétés. Des repris de justice donnent des leçons de probité à la télévision, financée sur l'argent collectif. C'est vrai. Mais l'État se retire – il n'assure plus que la fonction de contrôle des administrés. Le secteur privé dicte ses règles. On vante l'entrepreneuriat en le rendant impossible par la ponction censée financer les services régaliens qui disparaissent. Où part l'argent ? Le gosse Brunet serait vivant pour une chambre d'étudiant un an de plus. On vante le libéralisme à l'américaine, la liberté de mener sa barque mais le modèle émergent est un hybride de laisser-faire et de despotisme administratif – on reste de grands enfants levant le doigt pour demander la permission d'aller pisser.

En attendant le retour de Lina, Sabrina se décide à sortir. Quand elle a allumé son téléphone pour appeler sa mère, elle a été surprise de voir que personne n'avait tenté de la joindre depuis l'incident avec Tom. Ses collègues n'ont pas cherché à prendre de ses nouvelles ni même à la blâmer – les parents de l'enfant non plus, ce qui n'est pas un soulagement mais un moratoire dans sa conscience meurtrie. Lina ne lui a pas écrit, Xavier non plus. Peut-être Sabrina n'existe-t-elle plus que pour sa mère. Il lui arrive parfois de penser qu'elle est une illusion, un ectoplasme qui occupe un corps par esprit de contradiction.

Ses parents sont desséchés. Aïcha, femme de ménage à l'hôpital, hésite à arrêter de travailler ; elle a soixante-sept ans. Belkacem est diabétique et présente une colonne vertébrale toute en angles droits – une vie de déménagements, de manutention et de machines-outils. À soixante-douze ans, il perçoit une retraite de neuf cents euros et souffre d'un cancer du côlon. L'immeuble dans lequel ils ont passé plus de la moitié de leur vie doit être détruit au nom de la mise aux normes, mais chacun sait qu'on construira plus petit, sécable et plus cher pour les chassés de Paris qui viendront pousser à l'exil les chassés de Meaux. Leur vieillesse s'annonce pénible et solitaire : une retraite minable, un déménagement forcé, des soins sans remboursement, donc à crédit, la menace des troubles mentaux, l'angoisse de la sénilité. Comme beaucoup de petites filles, Sabrina rêvait d'une maison dont les parents auraient occupé le premier étage.

Aïcha se plait à imiter sa mère au même âge : elle pratique un chantage affectif outrancier, aussi risible qu'exaspérant, à ses enfants afin qu'ils l'appellent tous les jours, sans exception. Elle a guetté la vieillesse comme une récompense ; pour elle, les enfants vivent près de leurs parents et prennent soin d'eux jusqu'à ce que la mort arrive ; on finit sa vie entouré de sa descendance, bercé par les rires des petits et les sanglots adorables des nourrissons. Il suffit de claquer des doigts pour voir arriver un verre d'eau ; tout ce que l'on peut exiger est exaucé ; tout ce que l'on dit est sage ; on jouit de son âge ; on pourrit sur son trône, avec sérénité. Il n'y a aucune peur du flétrissement ou de l'enlaidissement pour la simple et bonne raison que la vieillesse est désirée. Vieillir est un privilège.

Aïcha s'était rêvée matriarche comme les femmes qui l'avaient précédée ; des femmes à poigne qui avaient feint de suivre les consignes du mari dans leur jeunesse mais qui, sur la fin, marchaient devant lui ; des femmes avec leur maisonnée pour royaume et leurs enfants pour vassaux. D'un seul index dressé, elle se serait fait servir par sa fille, ses belles-filles et les enfants de ses enfants. Après une vie à serrer les dents et à jouer la comédie, les vieilles Algériennes pouvaient donner leur avis sur tout, suggérer pressément les prénoms des enfants à naître, s'immiscer dans les ménages de leurs filles, refaire l'éducation des épouses de leurs fils et trouver des promises aux garçons.

Aïcha avait peiné à comprendre que le cours des choses avait été détourné ; ses enfants étaient pressés, pris, épuisés, acharnés à la besogne, pas même disponibles une journée dans le mois, tant leur temps filait entre les courses, les démarches administratives, les niaiseries de l'école, les loisirs obligatoires ; ses enfants trimaient pour une vie somme toute médiocre, terne, qui n'eût nullement fait envie à son père, paysan de Sidi Khaled. Aïcha avait dorloté sa mère jusqu'à la fin ; elle était partie en Algérie pour s'en occuper avec ses sœurs ; elle les avait enviées. Elles avaient beaucoup d'enfants et, bien que pauvres à dormir sur un tapis posé contre un sol nu de béton, ne s'étaient jamais inquiétées de comment les nourrir. Chaque annonce de grossesse était célébrée comme un événement grandiose. Aïcha avait attendu, non pas espéré, de jouir du statut sacré de vieille dame autour de laquelle on s'affaire avec déférence. Ses belles-filles l'avaient remise à sa place, celle qu'on offrait ici aux anciens : une remise dans laquelle passer le temps en attendant de rares visites de courtoisie. Elle regardait de la téléréalité. Le choc culturel devant le traitement réservé aux vieux était davantage un séisme, un cauchemar.

Les parents de Sabrina étaient nés dans une petite ville au sud de Biskra et s'étaient installés à Meaux. Sabrina avait poussé au milieu d'immeubles en longueur qui tournaient en formant des coudes de béton. On s'y repère au moyen de grandes lettres tracées à la peinture sur les façades et à la couleur des balcons. Le réseau des caves est un monde parallèle d'amourettes, de jeux sensuels sordides et de petit commerce ; les sandwicheries pseudo-grecques et les supérettes familiales ont pris le relais des centres sociaux. On y croise des mines patibulaires sur lesquelles il est inscrit « juge des enfants » ; on y voit des mobylettes montées comme des destriers par des mômes en survêtement trop large qui se grattent les couilles ostensiblement, par mimétisme ou par provocation – cela ne choque plus personne depuis longtemps. Le nombre de gosses obèses a explosé. Celui des accros au soulèvement de fonte en salle aussi.

Les anciens du quartier ont intégré la laideur ; pour eux, il n'y a pas de retraite paisible avec vue sur la mer, locations en basse saison, plages vides et restaurants gastronomiques aux serveurs obséquieux. Ce qui les guette, c'est les rodéos urbains, les formulaires indéchiffrables, le stress face à l'informatique, les petits pas sur les immenses dalles de béton, la peur, les mouvements douloureux, les monologues à voix haute, le chat comme dernier proche, la puanteur de l'appartement qu'on ne peut aérer faute de forces dans les bras et le vote que les bonnes consciences viennent leur reprocher.

Depuis la dernière réforme des retraites, il y a eu des petits vieux morts de froid et des septuagénaires retrouvés raides sur leur lieu de travail. Les mairies font parfois l'obole en laissant des anciens voûtés assurer la circulation à proximité des écoles ; ils écartent péniblement les bras sous leur chasuble fluo pour exiger l'arrêt de mastodontes motorisés conduits par des gens au téléphone. Le ridicule et le pathétique s'entremêlent. La contre-offensive s'est mise en place : on accueille les anciens la nuit et on se cotise pour chauffer une pièce dans laquelle on s'entasse. On fait appel aux voisins retraités pour garder les enfants ; on les paye avec des cabas de courses, en réglant une facture ; on finit par les trimballer par plaisir, pour se sentir soi-même utile.

Des petits roublards ont trouvé comment se dégager un revenu supplémentaire en réservant sur Internet des dizaines de créneaux de rendez-vous, avec plusieurs comptes, chez des médecins de toutes spécialités ; ils revendent ensuite leurs réservations au plus offrant, via les messageries privées des réseaux sociaux.

Sans cette majoration officieuse de la consultation, rencontrer un ophtalmologue ou un gynécologue peut prendre plus de deux ans. En quelques années, une contre-économie du pauvre s'est installée. Il n'en est jamais fait mention dans les journaux ou à la télévision. La connivence entre le pouvoir politique et les grands titres de la presse est assumée, au nom de la lutte combinée contre les mânes du stalinisme et du fascisme.

Il ne reste pas un domaine qui permettrait de nuancer le bilan du dernier mandat et de celui en cours de la présidente : le réseau hospitalier s'est rabougri et il ne reste de grosses structures de soins dans les métropoles, des usines à catapulter le patient chez lui sitôt opéré ou mal diagnostiqué, des couloirs dans lesquels se recroqueviller sur une chaise ou un brancard dans l'attente d'un médecin ; les examens à l'entrée en sixième ont pris fin tant ils révélaient l'essor de l'illettrisme ; la mortalité infantile réussit un retour sur scène fracassant ; la sorcellerie, la superstition et la bigoterie reconquièrent les esprits, des banlieues salafistes aux bourgeoises apprenties chamanes. La croissance est bonne. Quiconque perd son emploi n'a plus qu'une semaine, en moyenne, pour rebondir avant de finir à la rue. Un enfant sur trois vit sous le seuil de pauvreté. L'avenir de Paris c'est celui de Sao Paulo : des gratte-ciel d'ultra-riches cernés de taudis, de bidonvilles ou de toiles de tente, avec, au milieu, des classes moyennes écrasées, affolées, qui applaudissent les flics à chaque coup de tonfa.

L'économie officieuse a une définition étendue et on évoque, dans l'objectif de l'éradiquer comme une peste, la suppression de l'argent liquide. Une mère qui vend les vêtements de ses enfants à la voisine sans le déclarer est considérée comme une délinquante économique. Ces voyous, placés dans le même panier que les trafiquants d'armes et les vendeurs de drogue, sont menacés de contrôles surprises à leur domicile, d'embastillement ou de déchéance de nationalité pour les plus enhardis. Le chantage à la destitution de citoyenneté fait l'objet de blagues tant il est brandi. Il est question de conditionner le droit de vote à un permis à points citoyen. L'État recrute des auxiliaires de police sous le nom d' « assistant à la vérification » par l'intermédiaire de sociétés privées. Les sanctions contre les voleurs se sont durcies tandis que le nombre de cambriolages explose ; c'est pour le larcin dans les rayons alimentaires des grandes surfaces que les juges se montrent les plus rosses. Les caméras de vidéosurveillance ont essaimé jusque dans les campagnes peu populeuses.

Le regard de Sabrina se perd sur la façade grise du bâtiment en face. Il y est écrit « Justice pour Enzo ».

5

Avec le lest du temps, Paul tolère moins la solitude. Il y a plusieurs années de cela, lorsqu'il s'était retiré sur ses terres, il guettait les jours chômés pour rester seul avec ses livres. Se retrouver face à sa bibliothèque lui file désormais le vertige, comme s'il était le crâne peint au milieu d'une vanité. Le dimanche, après le service, il aime se réfugier chez Aurélien. Son amitié est ce qu'il a trouvé de plus proche de la connivence familiale ; il se plaît à observer sa fille adolescente qui lève les yeux au ciel dès que son père ouvre le bec, écouter Élodie qui se noie dans sa verve et trébuche sur chaque mot lorsqu'elle s'emporte, flâner au milieu des arbres et, même l'hiver, se suspendre dans le hamac, éternel réservoir de poils de gratte-cul ramenés par la burle.

Dans les semaines qui avaient suivi son exfiltration, Paul avait écrit à l'antenne du syndicat de la Confédération paysanne, animé par la vague idée de se lancer en permaculture avec la naïveté adolescente de celui qui, lassé de l'intellectualisme, envisage la voie paysanne comme un retour à l'ordre naturel des choses. Ce fut Aurélien qui y répondit. Son message affichait un désintérêt manifeste pour la ponctuation mais le vocabulaire trahissait une culture solide, un esprit fin, une ironie qui voilait pudiquement l'isolement subi. Les phrases trop longues et le propos décousu dévoilaient une envie de voir une nouvelle tête, de causer, de créer l'opportunité de vider une besace pleine de doléances. Paul s'était aussitôt recroquevillé. Il se montrait enthousiaste tant que les choses restaient au stade embryonnaire. Dès lors que les abstractions sortaient des limbes, que les interactions s'apprêtaient à se faire chair, la pensée de rencontrer un homme, sentir une haleine, entendre une nouvelle voix, serrer une pince lui portait sur le cœur.

Avant de composer un numéro, il préparait son texte ; sans cela, il pouvait se trouver mutique sitôt l'interlocuteur audible. Il faisait des listes, classait des mots par ordre alphabétique, décortiquait les séries de chiffres qui passaient devant ses yeux afin de se donner une contenance avant les acrobaties sociales. Il n'avait pas de réticences à se montrer sympathique ; il se pensait affable et voyait juste. Il parlait peu souvent mais longuement – lorsqu'il trouvait en lui le courage de s'exprimer, il importait qu'il eût tout dit. Il était un bon confident et ses confidences, pondérées, extirpées de son for intérieur dans la souffrance, étaient un authentique gage d'amitié – valeur qu'il plaçait au-dessus de toutes les autres. Paul avait pris le temps de trois semaines pour répondre à Aurélien. Ils s'étaient rencontrés peu de temps après, à la ferme, un bâtiment aux allures de temple en bois posé sur un Olympe recouvert de châtaigniers.

L'espace est agencé autour d'une boutique et de dizaines de tables en bois massif à peine poncé, d'un atelier de transformation tel qu'il convient de le nommer – une vaste cuisine aux imposantes machines d'inox – et de bureaux. Aurélien avait bâti la chèvrerie dans laquelle séjournait également le cochon, pour la consommation familiale. La ferme produit des châtaignes depuis sept générations ; Aurélien est chez lui, sans avoir à brandir cadastre ou avis d'imposition. Son nom se confond avec celui du hameau. Il a la gueule noueuse au menton carré des anciens dont les photographies sépia dévorées par le temps et les moisissures ornent le mur des antiquités – les visiteurs les fixent en archéologues.

Le bonhomme est balèze ; ses mains larges et épaisses comme des morceaux de liège sont recouvertes d'un formidable tapis de poils bruns ; les ongles envahis par les mycoses gondolent et noircissent à la racine ; le visage présente une barbe éparse et un peu faiblarde, des fils frisés emberlificotés qui poussent par îlots. Ses cheveux raides et fournis confiés aux soins de sa dame sont coupés à la brosse, et les couvre-chefs, portés constamment au fil des saisons, leur font épouser une forme étrange, comme s'ils étaient confinés sous une calotte papale. De gros yeux ronds couleur olive dans une orbite allongée lui confèrent un air de mage ; son thorax vibre sous sa voix grave.

Aurélien est une célébrité locale, le fils d'une famille ancienne et respectée. Il a rencontré Élodie tandis qu'elle effectuait son stage de fin d'études dans une grosse ferme laitière ; elle arrivait d'Angers où elle potassait l'agronomie et la zootechnie à l'aide d'algorithmes et de grilles de calcul. Au terme de ses études d'ingénierie agricole, elle ne pouvait tenir un sécateur sans que ses mains se recouvrissent de larges ampoules et ne connaissait de l'élevage des porcs que la conduite en bande. Elle s'amusait devant les bêtes en liberté, comme si cela eût été quelque fantaisie de leur maître ; elle nommait, comme tant d'autres, la reproduction naturelle « rattrapage » et pour elle une ration comprenait invariablement du tourteau de soja. Mais elle avait choisi de travailler aux côtés d'Aurélien, ce qui, malgré des années d'études, revenait à tout reprendre, tout réapprendre. Ce fut risqué : nombre d'agriculteurs demandaient à leur conjointe de travailler au-delà des clôtures pour s'assurer un revenu régulier, dans un poste qui leur dégageait les fins de semaine pour les logettes et les champs. Élodie a de la peine pour ses consœurs institutrices qui choisissent le fonctionnariat pour consacrer leurs soirées, leurs mercredis et l'ensemble des vacances scolaires aux enfants et aux taurillons.

Élodie s'est mis en tête d'alpaguer du citadin afin d'oxygéner la trésorerie. Elle a longtemps chiné dans l'idée de décorer le magasin de vieux pots de lait, d'épis de blé, de faucilles rouillées, de moulins à café et de fers à repasser sur des étagères décorées de napperons passés à la Javel. La photographie d'Aurélien avec Margot, leur fille, figure sur le site Internet et les dépliants de la ferme. Le pater en a pris ombrage : se mettre en scène chez soi revient à reconnaître qu'on est moins qu'une minorité – davantage une anomalie dans un monde sans paysans. Élodie a créé une page Facebook qu'elle alimente régulièrement de petits messages sympathiques, sans compter les capsules vidéo pour les différents réseaux sociaux, ce qui l'a conduite à acquérir un équipement vidéo professionnel et à passer autant de temps derrière un bureau que sous les châtaigniers.

Aurélien et elle forment le seul couple qui parvient à infuser un peu d'envie dans le cœur de Paul. Le mariage, dans la forme devenue la plus répandue, est devenu une union contractuelle entre deux carriéristes, une sorte de système politique privé au sein duquel il faut constamment affirmer et défendre ses droits et intérêts personnels. En définitive, le mariage est devenu un divorce, une négociation permanente et prolongée sur l'art et la manière de tout diviser par deux. Au cours d'une union pragmatique et positiviste, qui ne peut être que temporaire au su des deux partis, le couple dit marié consomme une quantité formidable de marchandises inaccessibles à une bourse autonome.

Dans le foyer moderne, le couple ne produit rien : chacun rapporte son argent plus ou moins usurpé en terrain étranger. Le binôme et ses hypothétiques enfants font les frais de l'emploi occupé, un emploi subi au profit des fournisseurs d'énergie et des vendeurs de babioles présentées comme des optimisateurs de confort. Mais Élodie et son époux prouvent qu'il existe encore des couples réellement mariés qui se considèrent liés par leurs vœux en public, qui n'ont pas vécu leurs noces comme une fête ou un spectacle. Aurélien et Élodie rappellent à Paul ses propres parents.

Les deux fermiers se sentent appartenir, et le mot leur est délicieux, l'un à l'autre et à leur fille. Ce qu'ils possèdent est mis en commun sans retenue ni analyse préalable. Ils s'entraident sans tenir de compte ; le « mien » n'est jamais aussi puissant que « le nôtre ». Ce type de mariage ancien se forme et se renforce autour d'une économie domestique – en se liant pleinement à un partenaire choisi, on évite le patron et sa grille d'évaluation. Le travail coordonné et associatif des époux offre indépendance et protection. L'économie qui régit cette petite ferme est bien plus développée qu'il n'y paraît ; elle repose sur des savoirs et des savoir-faire divers : menuiserie, travail du bâtiment, jardinage, agriculture de subsistance, abattage et gestion du bois. Ici, Paul est chez lui. Les murs transpirent une hospitalité organique.

Élodie se sait sur la chaise des suspects quand elle visite ses parents ou d'anciennes camarades de promotion. Elle a longuement cherché mais elle n'a pas trouvé en quoi le travail à l'extérieur serait plus désirable ou méritoire que celui qu'elle abat chez elle. Elle a punaisé au-dessus de son bureau cette phrase d'Ellul :

J'en veux à celles qui déclarent que l'image de la femme centre de la maison, éleveuse de futurs hommes et créatrice du foyer, n'est qu'un mythe, expression d'une société et d'un temps idéalisés. Qu'est-ce qui est le plus important ? Former des enfants et leur créer une vie véritable ou percer des trous dans les tickets de métro ?

Aux yeux de ceux qui avaient jadis partagé un lambeau de son existence sans avoir aucun véritable conseil à lui donner pour sa vie de femme, elle est la boniche d'Aurélien, une chose sans défense et compressée à l'envi. Elle n'est pas l'employée de son mari ; elle est sa partenaire : elle peut poser son veto, bloquer une initiative, donner son avis à n'importe quel moment. Elle reconnaît le manque de sommeil et l'absence de loisirs propres à sa condition mais elle se sait jouir de prérogatives qu'elle n'aurait jamais pu imaginer en abattant le travail pour une tierce personne ou pire : *dans une boîte*.

Pendant près de dix ans, les finances de la ferme ne se sont pas portées trop mal ; l'essaimage des magasins de producteurs offre de nombreux débouchés ; les boutiques de vente de produits biologiques passent de grosses commandes ; les Grenoblois et les Lyonnais en goguette se montrent généreux. Mais travailler la terre revient cher : les mises aux normes, l'audit pour le label agriculture biologique, les services du cabinet de gestion, les crédits pour le laboratoire de transformation, les frais d'essence, le fuel, l'électricité, les assurances dont on ne sait trop si elles sont facultatives ou obligatoires, le salarié, le mécanicien, l'adhésion à la CUMA, les cotisations à la Mutuelle sociale agricole et les impôts réduisent les revenus du couple au nécessaire pour vivre – un chouia plus dans les grandes années, de quoi payer des cours de danse à Margot qui ne rêve que de partir à Lyon. Elle en a décidé ainsi : devrait-elle être vendeuse de cigarettes électroniques ou ponceuse de cuticules dans une onglerie industrielle, elle ne reprendra pas la ferme et s'établira en ville.

Avoir un autre enfant est exclu – les finances sont trop maigres, même pour un strict minimum en sus. Pour Élodie, c'est un deuil étrange, impossible. Chaque mois lui rappelle que la possibilité reste ouverte, à la condition de changer de vie, de renoncer. Et chaque mois Élodie prend le risque de parler à son époux de l'idée d'arrêter de travailler à perte, pour éviter à Margot de grandir seule, pour ne plus avoir à s'inquiéter autant, pour pouvoir ne s'inquiéter que comme les autres, ceux qui rattrapent le sommeil en retard le dimanche. Il est encore possible de se rapprocher d'une ville, pourquoi pas d'aller à Angers où les grands-parents garderaient la marmaille, où il serait possible d'aller au restaurant et au cinéma.

Elle aime la ferme mais pas au point de lui sacrifier un enfant. Aurélien lui rétorque que désormais tout le monde travaille le dimanche. Que les cinémas sont vides. Qu'en ville ils n'auraient pas de quoi se loger décemment. Ils travaillent comme des forçats, leurs corps sont précocement déglingués, leurs membres gonflés ne se reposent jamais tout à fait la nuit mais ils ne payent pas de loyer, ils sont chez eux – c'est leur terre, cette terre exigeante sur laquelle ils respirent un vent mauve et goûtent aux fruits aux prémices de l'été. Ils mangent et dorment dehors un tiers de l'année. Leur fille reconnaît les chants d'oiseaux. Elle a grandi un poussin dans chaque main. Elle finira par reprendre le flambeau, aidée d'un gars du coin ou de Paul (une blague qui ne fait guère rire l'intéressé). Qu'iraient-ils faire en ville ? Vendre des boulons ou servir des frites. Autant crever.

Cela ne dure que quelques secondes, mais lors des suppliques de son épouse Aurélien pense qu'il n'a pas choisi la bonne, qu'elle n'a pas le cuir assez épais, qu'il lui aurait fallu une femme qui ne peut plus se trouver. Même la mieux cuirassée n'accepterait pas de travailler tous les jours pour ne pas même s'offrir un chocolat chaud ou une verroterie de temps à autre. Aucune ne supporterait de passer sa vie dans un village vide, sans voisine avec laquelle causer et auprès de qui déposer les petits. Les aïeules d'Aurélien n'étaient pas plus courageuses ou meilleures par nature : elles n'avaient pas la tentation de la ville, de pulsions à emplettes, parce qu'elles n'étaient jamais seules. Leur vie était pauvre et riche – elles n'avaient rien à compenser. Aurélien redoute la ville, même la petite, car il voit les êtres humains comme des malheureux condamnés à endurer des souffrances psychiques jusque-là réservées aux plus rudes des marginaux. Il leur préfère sans forcer les rotules acides et les ligaments endoloris. Les autres goûtent au quotidien à l'angoisse et à la solitude ; la dissociation et la dissonance cognitive sont la marque d'une excellente intégration. Paul est son seul ami. Les autres paysans sont des camarades de régiment. Ils n'ont pas le temps pour prendre une gnôle.

Élodie travaille dur. Elle est digne mais Aurélien regrette qu'elle ne puisse comprendre ce qu'est l'enracinement : naissance à Marseille, enfance en Bretagne, adolescence alsacienne, terminale en Anjou. Un frère parti au Japon et dupliqué avec une locale – un neveu qui n'a jamais posé un orteil en France. Les parents hésitent à passer leur retraite près de la Méditerranée ou dans une résidence seniors au Maroc. Le sang d'Aurélien coule dans ses veines et dans les murs de la ferme. Il n'y a pas une pièce dans laquelle son grand-père n'ait joué enfant. Lui-même a fait de la draisienne dans tous les coins. Certains ancêtres sont enterrés là, sous les arbres ; il reste des pierres tombales rondes comme des bornes routières.

Aurélien pourrait être vendeur dans un supermarché bio, tirer des palettes et aligner les bocaux d'osso-buco végétal. Il empilerait les rutabagas et les choux kales dans des caisses en bois pour les ingénieurs qui repartiraient sur leur vélo électrique, le sac à dos de randonnée décoré de poireaux triomphants. L'idée seule lui donne envie de mourir. Si on lui saisit la ferme, il se fait sauter le caisson – Margot ne le retiendra pas. Mieux vaut crever que vivre comme une bête sur caillebotis. Et ce mot s'invite de plus en plus souvent dans sa bouche : il évoque la mort avec une lourdeur empreinte de désir, de curiosité.

L'hiver du basculement, les prix de l'électricité avaient été multipliés par dix et il avait sacrifié ses chèvres. Il n'était plus possible de payer l'électricité pour conserver le lait et les fromages au frais, en plus de celle pour faire tourner les machines nécessaires à la transformation des châtaignes. Des centaines de paysans, producteurs de pommes et de poires, mais aussi d'endives, ceux-là presque totalement dans le nord du pays, avaient dû cesser leur activité et laisser le fruit de leur labeur pourrir dans des cartons. On avait maquillé l'horreur en « sobriété énergétique », pour faire venir les pommes d'Argentine, six mois plus tard. Sur le bord des routes, certains avaient posé des centaines de cagettes afin que les automobilistes pussent se servir. Mais le prix de l'essence avait explosé, aussi, et il ne passait plus que très peu de véhicules sur certaines départementales. Les corvidés firent festin.

Quand les biquettes étaient montées dans le camion qui les conduisait à quatre cents kilomètres, Aurélien avait pleuré devant sa fille pour la première fois. Ce fut en cet instant qu'il comprit. Ce serait lui, le dernier. Ses aïeux redoutaient la pluie, la grêle, le saint patron, mais pas les cours de la Bourse, les cotisations et les dettes – ni même les gendarmes. Dans les mauvaises phases jadis, leur maisonnée survivait avec des potages d'herbes sauvages. La sélection naturelle était cruelle car à ce régime les enfants débiles attrapaient bien vite une saloperie. Leurs mères étaient abattues mais fatalistes, pieuses par nécessité, avec sincérité. Cette sélection impitoyable avait fait aux générations suivantes le don de la robustesse et d'une santé que Margot bazarde à chaque descente en sous-préfecture – sans compter les chimies qu'elle absorbe contre l'acné, les règles et le stress.

Tous les jours, Aurélien fait ce qui doit être fait, et même bien davantage. Seulement, c'est à lui que reviendra de signer les documents de cession ; c'est à lui qu'il reviendra de dire « ici ce n'est plus chez moi, faute d'argent », tout en sachant que cette terre est la sienne, le seul endroit au monde où il lui est possible de vivre. Le reste lui semble indigne.

C'est ici que Paul se réfugie après son dimanche ouvré. La toile cirée scarifiée par le couteau à pain et l'impatience d'Aurélien est recouverte de coques de noix et de menus vers blancs dansant la gigue. Margot est dans sa chambre avec son casque et râle dès que le wifi se carapate. Le téléphone d'Élodie, affairée aux mêmes travaux d'explosion de carapaces végétales, diffuse les dernières nouvelles d'une chaîne d'information en continu que le binôme aime écouter pour savoir quelle mélasse se déverse dans les esgourdes de ses clients. Aucune mention de l'enfant Brunet même si une psychologue au CV maquillé comme un camion volé vient délivrer son expertise sur les troubles mentaux et les tendances suicidaires, révélatrices d'un narcissisme dévoyé ou d'un besoin de fuite après une faute estimée irrattrapable.

La bourgeoisie liée au pouvoir en place fait d'un p'tit Ardéchois sa pute et quand la pute se flingue c'est parce qu'elle est mythomane et ne peut plus assumer ses mensonges. Chapeau, les artistes.

Le dégoût farde les joues d'Aurélien et tord la commissure de ses lèvres. Une ministre succède à la psychologue au sujet d'un projet de loi relatif au retrait des enfants de familles suspectées de séparatisme, une teinte récente dans le Pantone du crime.

C'est marrant, ils ne laissent les femmes s'exprimer que si elles viennent jouer aux matons. Dès que j'en vois une passer à la télé, je me sens devenir macho, lâche Élodie en brisant d'un coup sec une coque épaisse et encore recouverte de brou séché.

Maman ! Arrête de dire n'importe quoi !

Aurélien époussette ses mains en les claquant contre ses cuisses. Son regard embué ne trompe personne, même s'il aimerait faire croire que des particules de fruits à coque irritent ses yeux.

La mère Brunet... Il y a dix ans, elle l'avait organisé ici, l'anniversaire du petit. Ça m'avait vachement ému parce qu'il n'y avait que des vieux. Je pense que le gosse n'avait pas un seul copain. Il était timoré mais il avait quelque chose de solaire. Ou de lunaire, plutôt, ouais, c'est ça.

Il s'accroupit pour ouvrir un buffet ; son squelette grogne. Il se saisit d'une bouteille qui doit compter son centième usage, un flacon tarabiscoté aux allures de tubercule façonné dans un verre épais et massif. Il se redresse sur ses pattes dans un bruit osseux crépusculaire et ouvre un tiroir pour en extirper trois verres à moutarde qu'il remplit à ras bord de vin de pissenlit. Il lève son verre avant de reprendre le fil de son récit. Il trinque à la mémoire d'Enzo Brunet.

Y avait ses grands-parents, enfin ce qu'il en restait, des oncles et des tantes en pagaille, quelques cousins avec lesquels il ne jouait pas. Le môme fixait son regard sur tout. Puis, plus tard, j'ai compris. Il était dans une ferme et il était né dans une ferme, avant que son père démissionne, lui aussi. Il n'a sûrement rien dit à sa mère mais ça a dû le brasser, d'être dans un contexte pareil. Ça se voyait que c'était un gentil garçon qui ne voulait pas blesser sa mère. Mais il a quand même… m'enfin, voyez, quoi… Il a quand même choisi de faire ça. J'y crois pas une seconde à leurs explications. Un mythomane qui se rôtit vif pour échapper à des mensonges. Ils mentent pour protéger leurs petits. Mais nous, on peut faire quoi, pour les protéger, nos petits ? À part bosser comme des ânes, les poser à l'école et faire le taxi dès qu'ils veulent sortir. On n'a pas leurs moyens pour préserver notre espèce, nous. Tout ce qu'on a, c'est nos poings, et quand on s'en sert, y a la cavalerie. Jusqu'au jour où ce sera l'armée.

Il a pu se resservir trois fois avant que Paul n'ait eu le temps de siroter deux gorgées. Élodie s'est rapprochée de l'âtre pour réchauffer son dos. La lumière obscure lui donne des airs de renarde en faisant refléter sa tignasse teinte au henné.

La mère Brunet, elle passait deux ou trois fois par an acheter de la confiture. Même malade. C'est fou, quand même. C'était rien du tout, et en même temps c'était un lien.

Paul comprend. Il y a plusieurs années de cela, la concierge de l'immeuble de ses parents est partie et ils ont été inconsolables. Pourtant, ils n'avaient d'autre rapport avec elle que celui du bonjour-au revoir. Ils lui filaient ses étrennes par la boîte aux lettres. Ce doit être ça, faire peuple. Se croiser régulièrement, faire des choses ensemble, des choses utiles, essentielles, élémentaires, tout en sentant que les aspirations et les préoccupations se recoupent. Enzo Brunet, c'était l'enfant du peuple de Paul et d'Aurélien – mais, aux yeux de ses bourreaux, s'attaquer à lui n'était pas plus moralement répréhensible que bastonner un chien.

La gêne trône dans la pièce. Ils se sentent impuissants, châtrés. Il n'y a personne à pendre pour racheter ses morts. Faute de vengeance, honorer la mémoire est la dernière option héroïque. Paul propose ce qu'il peut : monter à Paris en voiture pour déposer des fleurs, au niveau de la trace charbonneuse sur les pavés qu'aucun savonneur n'a encore réussi à déloger. Aurélien acquiesce. Ils ne feront que l'aller-retour.

6

La présidente n'a pas regardé la vidéo de la veuve Brunet. Elle imagine bien : une femme en surpoids fâchée avec le subjonctif dans un intérieur exigu ravagé par le mauvais goût. Puis la daronne couperosée montre des clichés du chérubin à l'école : une coupe au bol sur un visage ordinaire supplantant des fringues dégueulasses, un gamin osseux aux genoux cagneux trimballé d'une école aux murs recouverts de moquette vers un gymnase qui sent la moisissure et la transpiration. Les mercredis après-midi au centre aéré ou devant la télévision, une scolarité normale dans une école de cinquième zone. Elle n'a rien contre ces gens mais pourquoi s'infliger ça ? Tout ce qu'elle a entrepris pour eux, pour leur pouvoir d'achat, pour leur dignité, lui a valu des grèves, des caricatures vulgaires, des rumeurs obscènes et des remarques validistes sur sa hanche artificielle. Le gosse est mort, c'est malheureux. Personne ne l'y a poussé. C'était son choix.

La présidente croit en la responsabilité individuelle. Elle est Capricorne ascendant Bélier. Son élément dominant en médecine traditionnelle chinoise est le bois. En ayurvéda, elle est Pitta. Par la méditation en pleine conscience et la pensée positive, elle optimise ses fonctions cognitives et s'engage dans un long processus réservé à celles et ceux qui aspirent aux grands défis. Par l'autosuggestion, elle soigne ses maux et conserve un corps frais et dispos. Elle est convaincue que les scientifiques trouveront un jour un remède contre la mort, que la science, la technologie, la biologie et la neurologie sont les champs de l'avenir, les secteurs sur lesquels tout investir. Aux monothéismes poussiéreux, façonnés dans le dolorisme, qui causent destin et transcendance, elle préfère les sagesses orientales et la voie des dieux. L'élite de l'humanité, ce sont celles et ceux qui, par la force de la volonté, tordent le réel pour en faire accoucher un autre. Ce n'est pas donné à tous. Elle a su dès qu'elle a pu marcher qu'elle était appelée à tracer sa propre route.

De quoi avait-elle hérité ? D'un pays surendetté et à la traîne, archaïque, lesté par une administration frondeuse, un État ligoté par des fonctionnaires assurés d'être payés à la fin du mois, malgré leur incompétence et leur fainéantise, des millions de citoyens à rester chez eux et à refuser de bosser grâce aux minima sociaux. Les touristes ricanaient en voyant des magasins fermés à vingt et une heures. Le fantasme de l'égalité, rejeton des heures les plus sombres du communisme, étouffait l'idéal de la liberté. Elle avait su insuffler l'envie de se relever, d'entreprendre, d'incarner l'audace des rêves enfouis sous le poids du renoncement. Elle avait amené la république à parler au féminin – elle avait remplacé *La Marseillaise* par une traduction de *L'Hymne à la joie*. Elle avait encouragé la création d'entreprises avec des crédits d'impôts pour les deux premières années, financé les aides d'État pour les jeunes pousses innovantes de la *tech*, rationnalisé les coûts en fermant les services publics ultra-déficitaires, réformé la fonction publique avec l'audit, mis fin à la ségrégation sociale avec les classes préparatoires aux grandes écoles remplacées par des cours privés.

Elle avait dépénalisé une dizaine de stupéfiants pour protéger les consommateurs de la répression, casser les réseaux de vente clandestine, faire rentrer l'argent dans les caisses et s'aligner sur les pratiques des États voisins. Si cette drogue était en accès libre dans toutes les épiceries, toutes les grandes surfaces et chez tous les buralistes, elle ne pouvait endosser la responsabilité du fait que le nombre de toxicomanes avait explosé, principalement chez les mineurs. C'est aux parents de prendre leurs responsabilités, raison pour laquelle un stage à la parentalité assuré par un prestataire privé a été imposé avant la naissance du premier enfant. Les mises à jour sont obligatoires à chaque déclaration de grossesse supplémentaire. Aux femmes pauvres, la présidente a permis de se faire prestataires de services d'ordre érotico-sexuel, chez soi avec un numéro de Siret ou dans des structures gérées comme des espaces de coworking. Il existe désormais des maisons de passe baptisées « maisons d'hédonisme » – leur gestion ne regarde que leur gérant. Ces derniers peuvent publier leurs offres d'emploi sur le site de France Travail. Cette avancée s'est trouvée au cœur d'une énième polémique creuse, car les femmes en fin de droits au chômage, lorsque celui-ci est financé par l'État, ne pouvant refuser la troisième offre proposée par leur conseiller d'insertion, se voient envoyées de force au bordel.

Trop longtemps, les Français ont attendu de l'État qu'il endosse leurs devoirs et ne leur donne que des droits. Pour quoi avait-elle été élue ? Pour mettre de l'ordre dans les affaires. Ce n'est pas à l'État de distribuer le courrier, protéger les batraciens, panser les blessés et changer les nourrissons. Elle a gardé cela de ses lectures d'étudiante : elle dit *Léviathan*, et non *État*, en *off*. Elle est très fière de la culture générale qu'elle a dû beaucoup travailler dans ses années de classes préparatoires économiques et commerciales. L'État gère la comptabilité, défend les intérêts nationaux sur la scène diplomatique, encourage les investisseurs étrangers. Voilà la trame. Au quotidien, les dossiers prioritaires sont ceux de la fiscalité, de la géopolitique, du passage de relais entre administrations antédiluviennes et partenaires sociaux privés. Leur objectif est d'être rentables et même excédentaires – il ne lui semble pas évident, il est *objectivement, factuellement*, évident que les acteurs du privé savent mieux gérer que les autres. On l'a traitée d'*idéologue*. Elle croit en ce qui lui semble juste. Dit-on d'un croyant en Dieu qui agit en conséquence qu'il est *idéologue* ? Elle, oui, jadis. Elle est d'une génération pour laquelle l'athéisme est militant, voire pontifiant, même si elle a appris à le taire. Tout est tangible, mécanique, rectifiable, dépassable.

On a dit d'elle qu'elle déteste les Français. C'est faux. Seulement elle sait que certains vont devoir revoir leur manière de vivre, que cela leur plaise ou non – s'ils ne s'adaptent pas, s'entêtent, refusent le progrès, ils se feront balayer par l'histoire elle-même, comme les spécimens qui n'ont pas évolué à temps. Elle et ses semblables représentent les premiers spécimens d'une espèce évoluée – les autres sont les chimpanzés du futur. Comme on élague un arbre, comme on arrache les mauvaises herbes, comme l'utérus de la mère expulse les embryons non viables, la société se déleste de ceux qui ne suivent pas le mouvement. Elle n'est que la main invisible de Darwin. Elle s'appuie sur les neurosciences, les modulations, les prévisions chiffrées, et les sociétés qui font autorité dans la matière. Les rois avaient des conseillers, pourquoi n'aurait-elle pas des prestataires susceptibles, par les mathématiques, de lui donner les meilleurs conseils au monde, les plus fiables et dépassionnés que l'espèce ne serait jamais en mesure de lui donner ? Agir avec efficience exige courage et opiniâtreté. Elle méprise ses prédécesseurs qui se sont fait arrêter par la vindicte, l'aigreur de la masse – ils ont été lâches.

C'étaient des hommes ; ils voulaient complaire au plus grand nombre. Elle, a une mission.

La France a eu une présidente avant l'Amérique. Elle y pense à chaque défilé du 14 Juillet, quand les treillis se présentent à elle. Elle souhaite mobiliser la jeunesse, incarner le potentiel de ce pays – il ne représente qu'un vingtième des États-Unis en superficie mais compte deux fois plus de milliardaires en proportion. Au cours de ces dix dernières années, puisqu'elle arrive au terme de son second mandat (mais elle n'a pas dit son dernier mot), leur nombre a progressé plus que sous aucun autre règne présidentiel. L'affaire Brunet n'est pas une affaire mais un banal fait divers – s'il était mort ailleurs, on ne lui en aurait pas touché un mot. On ne l'apostrophe que parce qu'il a choisi un symbole fort avec l'Assemblée. Cette histoire de noms... Sur le coup, elle a eu peur. Seulement quelques instants. Mauvaise gestion de soi. Ça ne peut être qu'un coup de bluff, une envie de partir en emportant des vies avec la sienne, comme ces terroristes qui se font exploser dans les écoles. Un minable qui ne pouvait supporter qu'à son âge d'autres soient à des années-lumière de ses échecs.

Sa montre vibre. La ministre de l'Intérieur la prévient de son arrivée imminente dans le salon vert. Elle arrive tassée et voutée, la cage thoracique enfoncée par le coup de poing d'une force invisible. *Madame la présidente…*

Le téléphone du jeune Bergé-Lefranc a été piraté à distance. On ne sait pas encore par qui. Une vidéo du jeune Brunet a été dévoilée sur Internet, il y a tout juste cinq minutes. On y voit, sans aucun doute possible, le viol d'un homme d'une vingtaine d'années et plusieurs visages. *Vous devinerez lesquels.* Il faut mobiliser les forces de police au plus vite, des échauffourées risquent d'éclater devant l'Assemblée.

Fuck.

7

Tandis qu'Aurélien et Paul réunissent leurs quelques effets avant de prendre la route, Sabrina entend la voix de Lina pour la première fois depuis son départ, vendredi après l'école. Il est tard ; d'ordinaire, à cette heure-ci, Nicolas l'a ramenée depuis trois heures et elle dort. Mais la gamine, cette fois-ci, consent à la prévenir qu'elle ne rentrera pas. Elle aimerait passer la semaine qui vient chez son père. Elle a son cartable, une chambre, un bureau, une penderie avec de jolis habits ; elle pourra s'asseoir à l'arrière du vélo-cargo et se cramponner aux barres de protection dans les pics de vitesse. Sabrina n'a pas un mot à dire ; elle craint de braquer sa fille, de la perdre, de donner des points au camp d'en face.

Sabrina avait rencontré Nicolas peu de temps après sa titularisation. Elle ne se souvient plus bien car les débuts n'ont aucune importance à ses yeux – pour elle, tout a commencé avec le mariage. Cela avait dû arriver dans une soirée d'enseignants stagiaires, avec des camarades de promotion. Il était fort probable que Nicolas ne l'ait pas éblouie avec sa conversation, qu'il l'ait approchée avec une formule creuse connue de tous ; il avait tout de suite précisé qu'il était le seul de la pièce à ne pas être professeur.

Elle avait toujours eu un faible pour les grands dadais un peu épais ; elle aimait les garçons cultivés et timorés ; elle cherchait un homme responsable avec qui partager un quotidien sain et stable. Elle avait un peu papillonné à la fac, comme si cela eût été un passage obligé (ça ne lui avait pas trop plu). Nicolas était à Paris depuis peu ; il avait fait ses études à Strasbourg. Le soir de la rencontre, il portait des lunettes à monture originale qui ne s'accordaient nullement avec la morphologie de son visage. Ce détail l'avait marquée.

C'était bien un provincial qu'il fallait à Sabrina. Un Parisien pur jus aurait autant méprisé l'Algérie que la Seine-et-Marne. Ils formaient un binôme sage, une équipe solide, à l'image de ces époux qui tiennent une boutique et qui sont assurés de rester côte à côte malgré l'ennui. Ils s'étaient mariés à l'église, en Moselle ; le mariage religieux était une idée de Sabrina et il n'était pas question, pour Nicolas, de poser un pied à la mosquée. Ils s'étaient installés à Belleville, dans un deux-pièces. Sabrina évoquait l'idée d'acheter à Chelles ou à Melun, pour les enfants. Elle en aurait trois, comme sa mère. Elle ne s'imaginait pas élever un garçon.

Nicolas haussait les épaules ; il ne voulait qu'un enfant, pas trop vite, pour rester à Paris, où il entendait bien se faire un nom, ouvrir une agence de graphisme, puis une autre, jusqu'à piloter un réseau qui essaimerait en province et à l'étranger : de la Wallonie jusqu'au canton de Vaud. Il serait cité en exemple dans son ancienne faculté. L'entrepreneuriat, c'était l'avenir – il le disait avec un petit sourire qui drainait ses pommettes et faisait briller ses mirettes couleur myosotis.

Avec son mariage, Sabrina avait trouvé une place dans la conversation de ses parents ; à leurs yeux, institutrice, c'était encore s'établir parmi les notables. Elle attendit un enfant. C'était une fille. Nicolas voulut l'appeler Mathilde. Sabrina se sentit mal pour la première fois depuis l'annonce de sa grossesse. Si elle se foutait éperdument du bled, la réciproque n'était pas valable ; là-bas, elle était un exemple pour les jeunes filles. Elle avait fait des études, s'était mariée et attendait un enfant ; tout était correct et humble. Il avait fallu trafiquer un tantinet la date des noces pour dissimuler qu'elle était passée devant le maire avec du ventre. On avait dit qu'elle s'était mariée avec un imam, chez ses parents. C'était « à Paris », jamais « à Meaux » ; ainsi avait-on imaginé une mariée en melhfa chaoui sous la tour Eiffel ; les adolescentes étaient émerveillées.

Choisir Mathilde pour sa fille, elle n'était pas contre mais c'était risquer de plonger ses parents dans l'embarras ; elle ne pouvait s'y résoudre. Nicolas se résigna ; Sabrina se creusa la tête : Lina. Un prénom qui ne sonnait pas français mais qui passerait pour italien, un prénom non islamique qui ne ferait pas peur. Dans les Vosges, les beaux-parents paniquèrent ; ils entendirent dans Lina le voile, le mariage forcé, la prosternation en jilbab et le ramadan ; la mère de Nicolas fut terrassée d'une authentique angoisse en songeant au sort qui s'acharnait déjà sur son unique petit-enfant. Au pays, on reçut le prénom avec un haussement d'épaules ; on ne cacha pas sa déception : il y avait eu beaucoup de petites Lina dix ans plus tôt et le prénom, qui signifiait palmier, était un peu passé de mode. Dans la famille, on préférait les prénoms classiques et on s'était attendu à une petite Khadija, du nom de la vieille tante décédée un an plus tôt.

Deux ans après la naissance de Lina, Nicolas était métamorphosé. Il s'était affiné, avait banni le sucre et les produits animaux de son alimentation ; il mangeait bio, seul, car il n'avait pas les moyens d'en acheter pour trois. Il jeûnait régulièrement, non sans conséquence sur son irascibilité, courait le matin avec de petits haltères et une montre connectée avant de se mettre au travail. Il portait des lunettes qui seyaient à son nouveau visage, avec une monture en bois ; il enfilait aux doigts des bagues délicates mais viriles, des bijoux de lointaines ethnies montagnardes ou d'inspiration sahraouie.

Quand il évoquait Sabrina, il était fier de dire qu'elle n'était pas tout à fait française et que leur fille était *métisse*. Ils n'étaient jamais allés à Biskra, ni même à Alger, mais l'idée d'y prendre des photos le démangeait par moments ; l'Algérie n'était pas une destination à la mode – on devait encore y trouver des vieux paysans aux mains calleuses, des morveux aux genoux râpés, des mystiques égrenant le chapelet, tout ce qu'il détestait en Moselle. Cela serait du meilleur effet, dans les discussions : connaître l'Algérie plutôt que le Maroc ou la Tunisie. Il aurait pu se targuer d'aller *hors des sentiers battus*, de tâter de l'authentique, d'être le Cartier-Bresson de Biskra, de jouer dans la cour des *happy fews*.

Il pouvait enfiler deux anneaux sur une phalange en calculant l'espace entre les bagues ; il changeait de bijoux tous les jours, au gré de ses tenues d'inspiration londonienne. Sabrina payait avec son salaire les factures qu'il n'avait plus les moyens de régler après son passage au BHV. Il lui assurait que le textile était un investissement, qu'il se devait d'être en représentation pour ses clients, pour quiconque pouvant être amené un jour à lui passer commande ; par conséquent, il ne relâchait jamais la pression sur son apparence, partant du principe qu'un lambda tirant son chien aux Buttes-Chaumont pourrait faire appel à ses services. Son talent était encore sous-estimé et il eût été reconnu à sa juste valeur dans le monde anglo-saxon, en Chine ou à Dubaï.

Il distribuait sa carte de visite si facilement que Sabrina en était embarrassée ; chaque sortie en famille lui laissait l'impression d'être clouée au pilori. Il était le prisonnier d'une perpétuelle quête d'assentiment et passait, pour cela, tout son temps libre sur les réseaux sociaux pour y laisser sa trace au travers de messages indignés sur le racisme systémique (l'évocation de son épouse et de leur enfant née sous des tropiques fascisants lui était alors d'un grand secours) ou de blagues au second degré remarquables par leur vocabulaire désuet.

Lui qui ne lisait jamais avait fait l'acquisition d'épais volumes d'étymologie, de bonne pratique du français et de vocabulaire pour briller dans sa seconde vie dématérialisée. Cette existence parallèle était de moins en moins distincte de la vie incarnée. Parfois, il montrait son écran à Sabrina pour lui signifier que près de cinquante inconnus avaient réagi à un de ses commentaires et il irradiait d'une joie pure que son épouse n'avait pas vue sur son visage le jour de la naissance de Lina.

Nicolas faisait le joli cœur auprès de tout ce qu'il croisait dans la rue. Il rasa son crâne et entretint sa barbe chez un barbier du Marais ;

il ne sortait plus sans casquette Gavroche ou sans chapeau feutre. À mesure qu'il avait adopté les codes sociaux et vestimentaires du milieu professionnel qui l'obsédait, sa conversation, déjà guère fort épaisse, s'était rabougrie. Ils ne formèrent plus qu'un duo mal assorti, inégal et malheureux. Elle ne pouvait tenir la distance. Il se démenait, mais c'était tout juste si elle comprenait ce à quoi il aspirait. Elle devinait dans quel quartier il rêvait de s'installer, quel type de personnes il voulait voir autour de sa table, quelles vacances il voulait s'offrir, mais elle ne comprenait pas tout à fait comment il comptait s'y prendre.

Elle songea à lui faire un gosse dans le dos. Ce fut comme s'il avait reniflé le danger ; il prit ses précautions. Elle fit de Lina l'épicentre, la raison de tout ; elle aimait encore son métier et ne sortait jamais de son rôle de pédagogue ; cela profita à la bambine qui était vive et affectueuse. Toutes deux formaient une entité distincte, un binôme d'acier face à l'univers. Elle passait ses fins de semaine chez ses parents. Elle oublia le nom de sa belle-mère, le nom du patelin où Nicolas avait grandi – il n'en avait pas grand-chose à foutre, lui non plus. Un jour, elle rangea la photo de mariage qui trônait dans le salon ; il n'y prêta pas attention. L'alliance de Nicolas disparut au profit de bagues profanes. Leur union était encore trop fraîche, l'enfant bien trop petit, pour capituler.

Les gens changeaient-ils si vite, bercés par leurs illusions et la valse de leurs lubies ? Son père n'était pas si différent de celui qu'il était lorsque sa mère l'avait épousé – et ils étaient alors l'un et l'autre bien jeunes. Pour Aïcha, le mariage était la garantie d'être protégée avec ses petits des aléas de la vie – on utilisait le même mot en Algérie pour désigner le foie et l'enfant. Le mari était important à hauteur de ses responsabilités. Il avait un tel rôle à endosser qu'on ne pouvait lui réclamer en sus d'être un compagnon de série télé. La joie, les rires, l'amour, se récoltaient auprès de la progéniture, des parents, des sœurs, des cousines, des amies, des voisines ; le mari était l'élément d'une rosace déployée. La famille était étendue, comprise dans une conception généreuse. En France, le couple était un accomplissement, une obsession, et les femmes du bled que l'on ne voyait que soumises et lourdes d'enfants regardaient les Occidentales qui hurlaient à la mort en évoquant leurs mecs tels les aliénés du village qui tiennent des propos incohérents.

Nicolas ne s'était marié que pour lui faire plaisir. Il manquait alors d'envergure et d'ambition. Désormais l'idée de vivre à deux sans enfants lui semblait préférable ; il enviait les couples qui partaient en vadrouille sur un coup de tête, au gré des promotions sur le train ; il ne cachait plus sa jalousie face à ceux qui allouaient des sommes coquettes aux restaurants et aux terrasses. Il parlait de spiritualité quand Sabrina disait vouloir élever Lina dans l'islam. Elle lui demandait alors ce que spiritualité lui évoquait : une soupe mêlant bouddhisme de vidéos Brut, lumière en chacun, liberté individuelle et vertu d'égoïsme. Il parlait de méditation en ne sachant rester cinq minutes sans rien faire ; il causait anglais à la petite pour son développement mais ne trouvait jamais le temps de lui lire une histoire. Quand une chose ne se faisait pas, il disait que l'univers lui envoyait un message. Lorsque Sabrina abordait des sujets qui l'ennuyaient, il refusait la discussion en disant qu'il cherchait à se préserver, à ne pas émettre d'ondes négatives chez lui.

Il avait fallu du temps à Sabrina pour intégrer que la vie de famille organisée, fonctionnelle et pérenne de ses parents faisait désormais office de repoussoir. Elle rêvait du cauchemar des hommes de sa génération. Parce que cette idée lui était insupportable, elle préféra penser qu'elle était fautive, qu'il lui suffirait de travailler sur elle pour rectifier la situation. Elle alla chez un psychologue qui lui causa schémas inconscients et autosabotage – en définitive, elle avait, à quelque chose près, *la vie qu'elle méritait*. On lui dit, dans un groupe de spiritualité qui s'était constitué en ligne, sur une application de rencontres amicales selon les affinités, que la loi de l'attraction consistait à semer du positif pour récolter du positif – ce qui revenait à dire que ceux qui étaient confrontés à des emmerdes l'avaient bien cherché.

Nicolas se mit à sortir deux soirs par semaine pour rentrer au petit matin, si épuisé qu'il n'entendait pas la gamine le réclamer ; Sabrina se réveillait pour la vêtir, la faire manger et lui brosser les cheveux. Il finit par lâcher que, bien qu'il aimât Lina, elle représentait une entrave à son épanouissement personnel. Il disait avoir besoin de voir du monde, que travailler chez lui était trop lourd à supporter. On n'eût pu dire cependant ce qu'il était en mesure d'endurer. C'était un fils unique, un gosse de province qui avait toujours eu de la place et le droit de causer à table – un merdeux chouchouté par une mère anxieuse qui détestait par principe toute femme l'approchant. Ses parents n'étaient pas des nantis mais ils avaient consenti à quelques sacrifices pour lui payer toutes les années d'université dont il avait eu besoin – et il ne s'était pas privé pour les doublons.

Sabrina ne s'était pas donné le droit de prendre du temps. Elle avait été la seule de sa fratrie à étudier, dans l'urgence, dans l'empressement d'être autonome, de ne plus peser sur les finances de ses parents. Nicolas avait grandi loin de Paris mais s'était fait parisien. Pendant près d'un an, jusqu'à l'entrée de Lina à l'école, elle ferma les yeux sur toutes les soirées d'absentéisme, sur les avances éconduites, sur les réactions de rejet lorsqu'elle venait se coller à lui. Puis, un soir, elle lui avait demandé le prénom de l'autre femme. Il avait répondu Chloé. Ce fut tout. Chloé. Il n'y pensa plus sitôt le prénom prononcé mais Sabrina se le répéta comme s'il eût contenu tous les secrets de l'univers. Elle imaginait une femme bien faite, au visage angélique, à la voracité sexuelle sans égale ; une femme à faire tourner la tête, à briser des ménages. Elle éprouvait des maux de ventre insupportables ; elle se retenait de pleurer devant sa classe. Elle passa des heures à éplucher les différents comptes que Nicolas avait créés sur Internet, à la recherche d'un faciès, d'une trombine à haïr.

Il était évident qu'elle eût préféré perdre une jambe qu'avoir à affronter cela : un désaveu, un désamour, une mise à mort dans laquelle le haussement d'épaules relevait de la cruauté la plus chienne. Chloé. Elle prenait son café et pensait que Chloé le dégustait dans une belle tasse, par petites gorgées, sans que jamais une goutte perlât à la commissure de ses lèvres. Elle pouvait boire avec du rouge à lèvres sans qu'une trace de maquillage vînt maculer le récipient. Chloé n'était pas humaine. Chloé était mieux qu'elle. Chloé et Sabrina n'appartenaient pas à la même race de femmes.

Mais, par amour pour Lina, Sabrina fit le pari de la passade et le choix de la patience. Sa mère le lui avait bien dit : les hommes ne tiennent pas en place mais rentrent toujours à la niche. Ce que sa mère ignorait, c'est qu'on ne parlait plus des mêmes hommes. Nicolas prit le mutisme de Sabrina pour un aval. Il partit toute une semaine sans donner signe de vie ; à la fin de la journée, Sabrina voyait qu'il était passé dans l'après-midi déposer du linge à laver et récupérer des affaires. Le relevé de comptes indiquait des dépenses folles dans un spa et un restaurant coréen. Elle était devenue la lavandière de son mari. Elle se prépara à lui proposer un ménage à trois, à la condition qu'elle restât la seule à lui faire des enfants. Elle attendait désespérément son deuxième. Nicolas n'existait plus vraiment, mais elle voulait qu'il tînt son rôle : inséminateur et contributeur aux frais du ménage. Une bigamie à l'ancienne.

Il revint vers elle, ardent, titilleux. Il évoqua le polyamour et l'ouverture d'esprit. Il avait dû se sentir tout-puissant face à la patience, à l'ouverture d'esprit et au dévouement de son épouse. Il était en position de force ; c'était ainsi que lui, et tous les autres, voyaient le jeu des interactions individuelles : un round perpétuel. Elle le laissa faire mais il se retint à la seconde fatidique et salit le linge de lit. Elle le maudit avec une rage sourde qu'il dut percevoir dans l'obscurité. Elle le sentit frissonner. La fois au cours de laquelle il évoqua Chloé à table, sans frémir, sans rougir, elle comprit que ce n'était pas supportable, qu'elle allait tout bonnement y laisser sa peau.

Elle lui lança son assiette au visage en hurlant des insanités. Il s'arrêta sur cette séquence. Pour le restant de ses jours, pour ce qu'il dirait à Lina quand elle aurait grandi, pour la version qu'il conterait à ses parents avec un vibrato de réfugié de guerre, Sabrina était folle à lier. Il quitta l'appartement en faisant appel à une société de déménageurs afin de ne plus avoir à repasser. Sabrina le laissa partir avec rancune, mais sans implorations ; il était inutile de le retenir avec un chantage aux convenances qui ne déboucherait que sur une guerre larvée ponctuée de coïts charitables et éprouvants. Le défilé des jours devint insipide et détestable. L'amour n'a pas d'âge, lui avait-on dit ; pourtant, tout était plié.

Après, avec un enfant, il y eut les regards de travers, les alibis maladroits et mal ficelés pour se débiner après l'acte ; des types mariés et plus avancés dans l'âge lui firent comprendre qu'elle était vieille et parlaient de sa fille comme d'un poids, la preuve qu'elle n'était plus qu'une femelle d'occasion, un corps de seconde main juste bon à les dépanner. Elle avait bien pensé qu'un jour Nicolas partirait à la recherche d'autres plaisirs, d'autres courbes et d'autres espaces exigus, mais pas aussi vite, le temps de faire un gosse et de paniquer. Elle suffoquait.

Elle regrettait ses vingt ans moins de dix ans après les avoir célébrés. Elle avait terriblement désiré sa fille ; désormais, ce petit être lui pesait au point qu'elle eut hâte qu'il grandît. Elle parlait seule, en se lovant dans l'idée que c'était bon pour Lina, qu'elle devait entendre la voix de sa mère pour bien pousser, que son vocabulaire s'en trouverait plus fourni. Nicolas parti, elle se retrouva face à une enfant mutique et malpropre. Et un jour que Sabrina pestait contre un emballage mal conçu tandis que l'enfant dormait, elle se vit telle qu'elle était : une jeune mère aussi isolée qu'une vieille dame, une institutrice qui, en période de vacances scolaires, passait des jours sans croiser quiconque, résolue à causer au vide afin d'échapper au silence, comptant les jours qui la séparait des retrouvailles avec ses élèves.

Aujourd'hui encore elle subit d'être aussi loin des siens. Ses frères n'ont pas le temps de l'appeler. Ses parents lui manquent affreusement. L'islam lui manque. Avoir une culture lui manque. L'islam, c'était la joie des cousinades et de l'Aïd au bled – un parfum de merveilleux, de rendez-vous manqué avec la joie. Elle se sent minable face à ses frères dont les enfants grandissent entre deux parents qui font front. Elle a honte de son divorce. Elle a tenté, une fois encore, de lire le Coran ; le texte qui la renvoie si souvent à ses obligations d'épouse ne manque pas de la faire se sentir encore plus mal, comme si Dieu lui faisait des reproches.

La fatigue est son état habituel ; elle passe ses soirées à faire défiler des avis tranchés de parfaits inconnus, des polémiques du jour, des vidéos stupides (des adolescentes se maquillant, des ménagères rentrant des courses et empressées de détailler le contenu de leurs cabas, des séquences muettes filmées aux antipodes dans lesquelles des binômes de mauvais acteurs se disputent et se réconcilient le jour de leurs fausses noces), des confessions embarrassantes de starlettes prêtes à tout. Sabrina n'a pas d'argent pour les frivolités réconfortantes. Les copines de circonstance disparaissent comme les contextes entament leur mue ; aucune n'a tenu face à un déménagement ou un changement d'établissement. Cette inconstance l'a lassée des mondanités de mémères toniques.

Elle se passe sans mal des fausses copines égocentriques et névrosées, tristes comme la pierre et chiantes comme la mort, des femmes desséchées sans gamins, fières de leur ventre plat, sculptant leur chair avec hargne, s'affirmant sans complexes en s'efforçant de chasser le temps de leur visage et de leurs cheveux, qui lui content les sempiternelles histoires de cul sordides, à qui l'appétence pour la boisson donne une allure pitoyable, qui se vantent de n'avoir pas de jules pour leur pourrir la vie mais qui finissent, c'est toujours ainsi que cela se passe, par tomber amoureuses d'un type qui couche de partout et qui réveille un instinct de possessivité plus puissant et maintes fois plus sournois que celui d'une midinette – des quadragénaires ou des quinquagénaires célibataires, fossilisées dans l'ennui, qui ne vivent plus que pour une passion qui les sort délicieusement de la torpeur avant de les rendre à moitié folles.

Les conversations au téléphone s'articulaient autour de ruptures que l'on voyait venir dès le premier jour, d'envies d'enfants pas vraiment sincères – un moutard sur le tard, pour ne pas mourir idiote, pour voir ce que ça fait : une nouvelle expérience consommateur à évaluer. Un gosse banal au prénom extraordinaire, un petit être fabriqué dans le moule unique duquel on extrait les éléments de la société tertiaire, un être humain monitoré dès la conception, assommé de musique classique censée rendre intelligent, conditionné pour racheter les échecs de ses parents, formaté pour être présenté au monde comme un génie, biberonné à l'ambition et au fiel, amorti comme un investissement dans les clubs de sport dès trois ans, invité à tous les anniversaires, à l'aise dans la foule et le bruit, future star de n'importe quoi pourvu qu'il eût été une star. Le genre de gosse absolument normal, sursocialisé, que les parents rêvaient de faire un jour diagnostiquer haut potentiel intellectuel. Un enfant pataugeant dans la dissonance cognitive dès le berceau, encouragé à être le meilleur partout mais bercé par des discours anti-compétition.

Puis ces femmes devenues mères sur un coup de tête à un âge avancé ne supportaient ni les menus sacrifices, ni les responsabilités ; elles réclamaient le droit de dire haut et fort que leur enfant était une chose regrettable, que la maternité était une énième forme d'emprise. Elles s'étonnaient de devoir annuler des plans, d'écourter leurs nuits, de revoir l'organisation de leurs journées – elles vivaient comme des adolescentes avec des fixations de vieilles. Elles haïssaient l'imprévu.

Sabrina n'a pas d'ami parce qu'elle n'a pas le temps pour entretenir une relation privilégiée avec quelqu'un, homme comme femme ; ou alors elle prend, elle, son temps pour servir de confidente fidèle au poste, avant de réaliser qu'on ne l'écoute pas quand vient son tour de causer. Elle aurait aimé se confier au sujet de sa fille, du père de sa fille, de sa solitude les soirées d'hiver, mais entre les mains de qui déposer le fardeau de la maternité érémitique quand personne autour d'elle n'avait eu d'enfant, qu'on pensait au singulier, qu'on résumait la responsabilité au professionnalisme et qu'on faisait encore des grasses matinées à trente-cinq ans ? Les conseils qu'on lui prodiguait semblaient sortir de biscuits chinois : suis ton instinct, prends du temps pour toi, pardonne-toi, demain est un autre jour.

Elle se sait condamnée aux quiproquos car le sens des mots varie d'une personne à une autre ; chacun détient sa vérité propre ; le monde est un archipel d'univers. Une relation privilégiée ne rime plus à grand-chose ; en quelques pianotements de clavier on annonce une grossesse, un projet d'achat, un changement de poste à sa mère, à d'anciens camarades d'école et à des inconnus. La confession n'a plus rien de la marque de confiance. La confession jaillit des gosiers comme un dégueulis irrépressible. Elle se demande si elle est lucide ou pessimiste quand elle dresse le bilan de ses maigres relations interpersonnelles. Elle évolue dans un monde de plus en plus bête, de plus en plus cruel, de plus en plus laid, avec un langage déstructuré, une pensée détruite et une communication impossible.

Et en ce dimanche soir, elle pense à son ex-mari que lui préfère sa fille. Égoïste, irresponsable, opiniâtre que pour ses projets, il s'est laissé bercer par l'illusion de sécurité du protocole, il a laissé des publicitaires, des promoteurs immobiliers et des agents de banque choisir sa voie, car sa voie lui importait peu – seul comptait à ses yeux ce qu'il nommait réussite. Et, des deux, c'est lui qui a gagné. Les valeurs de Sabrina sont des devises qui n'ont plus cours. Ses principes sont de vieilles pièces gardées au fond d'un bocal pour faire sourire les passéistes.

Elle pense à sa fille, à cet enfant sorti de son ventre pour lequel elle donnerait sa chair et sa peau. Elle revoit le tout petit être sanguinolent qui en quelques secondes a donné du sens à toute sa vie. Elle revoit le bout des orteils ronds râper contre le goudron de la cour de l'école, la petite qui crie « ça fricote » quand elle lui désinfecte ses blessures de guerre, et elle se fend de douleur comme la vache à qui on arrache le veau.

8

Il fut une brève période au cours de laquelle Sabrina voulut avec ardeur reprendre un homme. Elle n'avait pas le mode d'emploi mais elle avait des envies. Les seuls mâles qu'elle croisait étaient les pères de ses élèves, des célibataires qui compteraient sur elle pour prendre du service auprès d'un enfant ingrat ou des types casés qui n'avaient rien à offrir hormis une saillie clandestine dans un hôtel. Elle avait téléchargé une de ces applications de rencontres qui avaient rendu ringardes le coup de foudre sur le lieu de travail. Après le troisième rendez-vous mis en place par l'algorithme, elle avait renoncé à rencontrer un époux par ce procédé. Elle avait avalé les miasmes dans l'air du temps et s'était faite pragmatique ; il y avait des dîners à économiser et des crispations abdominales à prendre.

Elle n'est plus en mesure de retrouver la date de sa rencontre avec Xavier. Elle se souvient qu'elle était arrivée essoufflée au bar – elle ne sait plus lequel. Il lui avait fait un signe de la main sans joie ni enthousiasme, avec un brin d'autorité, même. Ils s'étaient fait la bise en évitant de se toucher, avec empressement, comme pour boucler une corvée. Elle avait présenté de plates excuses pour son retard auxquelles il avait répondu « pas de soucis ». Puis il y avait eu un silence mortifiant car leur rencontre n'était ni fortuite ni agréable.

Sabrina l'avait lancé sur sa passion, un mot puissant et douloureux éviscéré de son sens : une randonnée annuelle en moyenne montagne suffisait pour fabriquer du *fou de montagne* ou un *passionné de marche*. Il existait une déclinaison mercatique du terme dont nombre de petites entreprises raffolaient : passion automatismes, passion climatisation, passion échafaudages, passion serrurerie. Il fallait avoir une passion comme il fallait avoir un *storytelling*, comme un commercial dispose d'échantillons. Lui, c'était la photographie. À peine l'avait-elle lancé sur le sujet qu'il avait dégainé son téléphone pour lui montrer ses récents travaux : les jambes croisées des filles attablées aux bistrots du Châtelet, l'île Saint-Louis au coucher du soleil, la tour Eiffel sous un ciel rose, une adolescente famélique qui le regardait par en dessous.

Puis, il s'était mis à parler de son fils avec des airs de mère courage en pleine récession, arguant qu'il l'aimait plus que sa propre vie, qu'il eût tué quiconque eût tenté de lui faire du mal, plaçant sa main sur son cœur comme si le chérubin eût croisé la route d'un redoutable pédophile médiatique, comme si aucun parent avant lui n'eût jamais goûté au féroce instinct de protection. Il exhiba avec un enthousiasme débordant les photos d'un gosse osseux à la mâchoire disproportionnée et à l'œil éteint : le prototype de l'enfant que l'on porte aux nues, conçu par accident avec une petite amie que l'on n'aime pas, que l'on dresse comme un singe savant pour en faire une tardive et inespérée raison de vivre, un légitime objet de fierté en dehors du travail. Sa chemise était impeccable, tout comme son phrasé de témoin de Jéhovah. Il avait poursuivi en lui exposant ô combien il était épuisant de s'occuper de son fils un week-end sur deux ; il avait également évoqué la charge mentale inhérente au sac à dos à préparer avant les sorties au parc.

Elle s'était sentie ridicule ; sa robe mal coupée qui vomissait le tissu de mauvaise qualité le long de ses cuisses trahissait un endimanchement mélancolique et désabusé. Il avait commandé un taxi sur son application de larbins géolocalisables puis ils étaient montés dans une voiture noire prétentieuse, conduite par un homme jeune au ton ampoulé empreint d'accent banlieusard, qui les avait menés sur le boulevard Barbès, au pied d'un immeuble au style simili-Haussmann. L'entrée était petite et haute de plafond ; une moulure effritée dont des petits morceaux s'étaient détachés encadrait un lustre au laiton encrassé et aux larmes de cristal portées disparues. Un tapis rouge boueux retenu paresseusement par des baguettes jaunies courait le long de marches en bois qui produisaient un barouf formidable. Sur le seuil, Xavier avait demandé à Sabrina d'ôter ses chaussures. Elle s'était excusée, planquée derrière ses cheveux, partagée entre l'envie de pouffer et celle de fuir.

Ils s'étaient trouvés dans un couloir étroit sur les côtés duquel se détachaient trois pièces, minuscules : une cuisine à l'odeur de tout-à-l'égout mâtinée de parfums de synthèse occupée à moitié par un petit réfrigérateur recouvert de dessins d'enfant, une pièce d'eau où les toilettes étaient séparées d'une baignoire par moins d'un pied de largeur et une chambre au lambris élimé, à peine suffisante pour un matelas de deux personnes ; les vêtements étaient rangés avec méthode dans un petit placard que l'on ne pouvait ouvrir sans déplacer le lit. Ils s'étaient déshabillés, chacun de son côté, avant de s'embrasser – un baiser procédurier avec la langue qui n'émoustillait aucun des deux. Il avait sorti un préservatif de sous l'oreiller et pris une inspiration d'apnéiste.

Il était nerveux mais nullement impressionné. Malgré la fraîcheur de la pièce, il n'avait pas la chair de poule ; son sexe dressé semblait appartenir à un autre, la vigueur de l'organe jurait avec l'apathie du gaillard complètement glabre. Il était pétrifié par la crainte de mal faire, de ne pas laisser un grand souvenir et de débander trop vite, jouir trop vite, faire l'objet de ricanements ; son ego le démangeait plus que le désir, grand absent.

Alors il était entré en Sabrina sans faire un bruit, sans gémissements, avant d'onduler du bassin si vite qu'elle avait lâché un petit cri d'étonnement. Il regardait devant lui en maîtrisant sa respiration, avec une bille d'athlète concentré qui pense à la ligne d'arrivée. Elle avait porté son regard sur le plafond, la pièce, le sol, puis sur le poignet de Xavier, couronné d'une montre connectée en train d'enregistrer son rythme cardiaque – il s'agissait là, sans nul doute possible, d'une belle performance. Lorsqu'il eut fini, en solitaire comme il l'avait fait, il s'allongea en tenant ses côtes et elle se rhabilla en silence. Il s'agrippa faiblement à son avant-bras et, en un souffle endolori, se redressa pour se blottir contre ses seins. Elle garda sa tête contre son buste en la tenant d'une main, comme elle eût soutenu un nourrisson avide. Il s'endormit, un filet de bave coulant le long de son sein. Ce détail la bouleversa. Elle posa un baiser sur son front et sentit quelque chose se dénouer en elle, côté gauche.

Le lendemain, elle se réveilla en redoutant qu'il fît comme les autres, qu'il lui proposât un café en espérant qu'elle refusât. Il lui demanda si elle le voulait long ou court ; il pouvait aussi préparer du thé. L'homme de la veille au lever de main commandeur avait disparu dans la nuit. Elle ne sait pourquoi elle lui avait suggéré de garder ses poils sur son torse, et ailleurs. Il eut un sourire pour lui-même, comme s'il venait de remporter une victoire ou d'obtenir une confirmation.

Il est actuaire et travaille le plus souvent de chez lui. C'est un timoré pur mais il a intégré que cette qualité doit être enfouie sous un habit d'apparat, sous des manières calquées sur celles des chargés de réussite. Sans son drap mensonger, il semble plus frêle ; il doit porter des lunettes et aime les parties interminables de Scrabble. Il n'a pas grand-chose à foutre de faire poser les minettes sur de futurs clichés en noir et blanc, mais il sent qu'il faut dire quelque chose, surtout lors de la première rencontre avec une femme. Il affirme qu'il est impossible de démarrer une amitié, même débile, sans avoir emmagasiné des centaines de références ; la vie d'après Xavier est un entretien d'embauche permanent. Au sujet de ses tours de passe-passe, il révèle une franchise chirurgicale ; il expose ses petits secrets de magicien sans plaisir ni vergogne. Il a quitté la mère de son fils, une belle plante qu'il avait déracinée sur une série de mystifications qu'il ne s'était plus senti en mesure d'assumer. Il a appelé son fils Adonis parce qu'il avait perçu un début de mode locale autour de la mythologie grecque. Comme tous les imposteurs, son flair ne le trahit jamais. Sa mise à jour constante était son unique garantie de survie dans la jungle urbaine. Sabrina lui avait demandé quel prénom il eût aimé donner à son garçon. Il n'avait pas su répondre.

Sabrina lui plaît d'autant plus qu'elle est indisposée aux calculs. Elle est parfois, selon le goût de ce nouvel homme, agaçante en évoquant sa mère, atrabilaire et autoritaire – mais il lui passe tout tant il la juge adorable. Elle peine à comprendre ce qu'il lui trouve, elle qui a si souvent bu sa cuillerée de fiel au saut de lit. Elle craint de le perdre ; elle se rassure en disant que son amour est tenu, canalisé, qu'il n'a pas tant arrangé sa situation. Vivre ensemble n'a jamais fait l'objet d'une discussion ; Lina ignore son existence. Elle croit se comporter en homme pour s'en protéger ; elle l'a déjà chassé de chez elle au nom de son droit au calme. Elle est avec lui comme la veuve qui se recase.

Il la prend avec douceur ; il se montre intimidé et bouleversé lorsque sa robe tombe sur ses chevilles. Il l'aime mais est infoutu de le dire. Elle aimerait que ce soit lui qui se déleste des mots d'amour en premier. Il souffre de son attitude mais oublie tout dans son travail. Elle est gênée de savoir qu'il n'est lui-même qu'à son contact, qu'il joue un jeu avec le reste du monde, quand d'autres s'en trouveraient flattées. Elle ne croit pas être une privilégiée en étant seule à connaître le mensonge ; elle craint de s'énamourer d'un être versatile qui pourrait se venger d'elle. Elle redoute de le voir dépérir sous ce terril de petits arrangements avec la vérité ; elle ne veut plus dépenser son énergie comme une amoureuse de quinze ans. Elle recherchait la stabilité et le sérieux ; elle reçoit de l'affection. Peut-être son cœur est-il trop sec pour s'en accommoder. Elle redoute de ne pas le connaître, qu'il soit un imposteur avec elle aussi.

Sabrina ignore si Xavier a aimé une femme avant elle. Il préférerait mourir que lui dire qu'il ne sait pas quoi dire quand elle évoque les enfants dont elle a la charge, la fatigue qu'elle sent monter dans tous les corps de métiers, l'épuisement nerveux de ses frères et de sa belle-sœur infirmière. Il débite des poncifs à la vitesse d'une tronçonneuse et elle s'inquiète de la résurgence d'un Nicolas dans sa vie. Elle s'en veut de le renvoyer si souvent dos à dos avec son ex-mari mais elle ne peut rien y faire. Elle craint que les imposteurs ne soient l'archétype le plus représenté et le plus indétectable. L'imposteur est dans les sociétés du tertiaire comme un poisson dans l'eau. Faire prévaloir la forme sur le fond, valoriser les moyens plutôt que les fins, se fier à l'apparence et à la réputation à la place du crédit à apporter au travail et aux aptitudes naturelles, opter pour le pragmatisme plutôt que pour le courage de dire la vérité, pratiquer l'art de l'illusion, s'abandonner au mirage de la sécurité des procédures plutôt que se piquer aux risques inhérents à l'audace, voilà le terreau de l'imposture.

La société de Sabrina est celle de la norme, même si elle tente de se travestir sous un hédonisme de masse, fardée de publicité tapageuse et scientifiquement approuvée. L'imposteur est le véritable martyr de cet environnement. Il est une éponge des valeurs de son temps, un fétichiste des modes et des formes. L'imposture emprunte la froide logique des instruments de gestion, les combines de papier et les escroqueries algorithmiques, les usurpations d'identité, les expertises mensongères et l'hypocrisie des bons sentiments, cache-sexe de la barbarie. Dans cette civilisation du faux-semblant, l'homme sain est condamné à l'asile. Seule la culture de la liberté pourrait l'en extirper.

Mais Sabrina a bien vu dans quel état sont les enfants, désireux, avides d'intégrer cette ronde macabre.

L'homme de la société de l'imposture ne peut que se fuir. Se divertir. S'il tentait de s'affronter aux grands œuvres, aux auteurs les plus classiques, les plus humains, il serait incapable d'y comprendre quoi que ce soit. Et s'il y comprenait quelque chose, il éprouverait un vertige tel, une telle souffrance de se voir ainsi humilié, dénudé, qu'il cesserait aussitôt, déprimé.

9

Aux alentours de la septième heure du matin, Paul et Aurélien parviennent à s'engager sur le périphérique. En surplomb de la mélopée ordinaire (pétarades, pots d'échappement frétillants, musique répugnante et réclames aux voix de ravis de la crèche) résonne un motet aux notes de klaxons et une agitation propre à la liesse précédant la catastrophe. Sur les mines déconfinées des habitacles se lit le même roman que sur le visage de la jeune fiancée qui laisse son jules partir au front. Il faut quelques secondes pour s'apercevoir que les klaxons ne sont pas comprimés comme à l'accoutumée, pour marquer l'impatience ou pousser l'énergumène devant à bouger son corbillard, mais joués, tels des instruments de fortune. C'est cela, pense Paul : les klaxons scandent un message. Il aperçoit enfin que les gens ne sont pas dans leurs voitures. Ils les ont laissées là, parfois à quelques mètres d'eux, la portière ouverte, le transistor mutique, le moteur refroidi. Ils semblent tous d'accord, tous camarades – c'est une chose étrange car ces petits êtres pressés, hier encore, au même endroit, se seraient écharpés pour une queue-de-poisson ou un changement de file. Le timbre des voix est guilleret mais le regard trahit une impatience mâtinée d'inquiétude.

Paul et Aurélien ont voyagé sans musique ni radio. Ils ignorent que la nuit a été bruyante et incendiaire. La vidéo du viol d'Enzo Brunet a circulé sur tous les supports possibles – certains sont allés jusqu'à graver des DVD et ressortir magnétoscopes et VHS vierges. La partie civile met ses preuves à l'abri de la Mazurka. Bien que classée comme document pornographique, la séquence est hébergée sur les serveurs russes et chinois afin d'échapper à la censure sur les principaux réseaux sociaux. À Privas, la préfecture a été saccagée ; les assaillants ont veillé à ce qu'il ne reste plus un ordinateur en état de marche – ce matin de bonne heure les images des bâtiments en flammes circulaient sur les chaînes de télévision accompagnées de vibratos de dames patronnesses manquant de suffoquer. À Grenoble, les panneaux lumineux indiquant en temps réel la qualité de l'air au moyen de smileys ont été piratés – il est affiché partout dans la ville « Justice pour Enzo » au-dessus de l'image des pompiers déposant le linceul.

À Lyon, les étudiants en médecine ont occupé la place de la Comédie, rejoints en pleine représentation par les artistes et les techniciens de l'Opéra. La police les y a délogés avec une violence formidable dont les images ne circulent pas à la télévision. Mais l'action spectaculaire et un brin adolescente devant l'hôtel de ville n'était qu'une diversion. À Saint-Priest et dans les autres banlieues, des employés des hypermarchés, enfermés dans les locaux avec la complicité des agents de sécurité, ont détourné les arrivées de marchandises au profit des épiceries solidaires. À Toulouse, une manifestation non déclarée a été réprimée avec une telle brutalité que même la télévision a dû l'évoquer dans une partition surréaliste résonnant ainsi :

On voit les forces de l'ordre qui sont en train de frapper les gens...

Oui, qui les frappent, oui, parce que les gens refusent peut-être de bouger... Il faut que ces personnes bougent et peut-être qu'elles ne veulent pas se déplacer.

Depuis l'heure de la mise en ligne de l'ignoble, des hommes et des femmes encagoulés se relayent autour de la flamme du Soldat inconnu en portant le portrait du jeune Brunet. Ils restent une heure, les bras tendus, sans ciller, comme dans un exercice militaire. Puis, lors de la prise de relais, on scande le nom du martyr et on fait un pas en arrière, afin de ne pas tourner le dos au souvenir. La ministre des Armées a rencontré la présidente ; des hélicoptères survolent le centre de la capitale. Aucun mot d'ordre n'est donné hormis celui-ci : éradiquer le début de la contagion par tous les moyens.

Il faut faire vite. Si Paul comprend ce qu'il parvient à saisir, il s'agit de profiter des bouchons sur la ceinture autoroutière pour rallier des gens à un ensemble d'opérations qui doivent se déployer aujourd'hui dans Paris au même instant. Chaque recruteur passe de voiture en voiture en invitant d'abord les gens à sortir et à laisser leur téléphone dans l'habitacle. Une fois dehors, la cible a moins d'une minute pour entendre le laïus et dire oui. Celui qui acquiesce n'a que quelques secondes pour mémoriser le numéro de téléphone de son interlocuteur, un mot de passe et l'adresse du point de rendez-vous. Les consignes sont simples : s'habiller dans un style passe-partout de vêtements pratiques pour courir et sauter, prévoir des flacons de sérum physiologique, des compresses stériles, venir sans ses documents d'identité, sans son téléphone, avec un masque et des carreaux de sucre. Sous le masque, il faut être maquillé comme sur les photographies présentées le temps de cligner les yeux : des visages peinturlurés à la mode sachem afin de berner la reconnaissance faciale.

L'enrégimentement ne peut être mené que par Internet, sur lequel grouillent les velléitaires et les délateurs. Ce matin, au départ du premier métro de chaque ligne, des agents recenseurs des braves gens ont commencé à porter la bonne parole ; pour cette opération, on a privilégié les femmes, qui attirent peu l'attention et inquiètent moins au premier contact. Le périphérique est le terrain parfait pour la pêche – c'est dans la solitude des migrations pendulaires que le travailleur du tertiaire prend conscience de sa condition. C'est dans la bagnole, à compter ce qu'il restera à la fin de la journée, que l'homme est injurié, à terre. Dans le monde animal, hormis le moment de la prédation, c'est la bête blessée qui est la plus dangereuse.

Un type s'approche enfin d'eux. Il parle vite et postillonne abondamment, comme en témoigne son carré d'ouate bleu ciel qui se gorge de gouttelettes. Un regard sur leur plaque et il devine tout. Des Ardéchois, comme le gosse Brunet. Des candidats faciles, donnés. Ils sont attendus dans l'après-midi sur les Champs-Élysées pour grossir les rangs du service d'ordre autour des porteurs du portrait. Les vestales portant le deuil sont des symboles à dégager dare-dare – il importe de tenir bon en sachant que tout le petit monde se fera déloger dans la violence.

Jusqu'alors, il n'était pas arrivé à l'esprit de Paul que la montée à la capitale pouvait présenter un risque. Il sait que ses chances d'y laisser sa peau sont minces mais l'idée d'un coup de tonfa sur la tronche lui fait valser le coffre. Il n'a jamais participé à une manifestation ; il a toujours compati, mais du dehors, tirant son épingle du jeu délicatement. Il est boucher avec un contrat de travail en bonne et due forme, un de ceux d'avant la dernière réforme – si le magasin met la clef sous la porte, il fera partie des derniers à dégager, avec un chèque conséquent, si l'inflation se tient. Débarqué en Ardèche, il avait envisagé la permaculture pour son terrain mais les luttes d'Aurélien l'avaient découragé sans que l'ami ait eu une seule occasion de le raisonner.

C'est douloureux car c'est en cet instant que Paul saisit que son ami avait dû le cerner à la première seconde : au premier regard, Aurélien avait compris qu'il avait affaire à un citadin en plein naufrage, mais un pas trop con. Il n'avait pas d'amis faute de temps mais, lui, semblait en avoir – les deux étaient demandeurs de la même connivence, de la même compagnie virile. Ils avaient fini par s'aimer véritablement, comme deux frangins – il y en a toujours un qui tire l'autre.

Comme un bonhomme qui prend une maîtresse sans jamais oublier ses obligations envers sa légitime, Aurélien avait pris Paul en conservant une attention particulière pour ses camarades terriens. Jamais Paul n'avait secondé son ami dans une manifestation infestée de gendarmes en civil avec caméras embarquées dans la gueule ; chaque fois il avait eu peur. La peur avait vécu larvée dans ses intestins et l'avait mené à la baguette. Il s'était façonné une légende afin de se croire un chouia au-dessus de la mêlée mais il ne s'en était jamais démarqué authentiquement. Il avait fui mais, parce qu'il fuyait en sachant rebondir, il maquillait sa couardise en choix éclairé. Et dans quelques instants, car la circulation sur le périphérique s'est décongestionnée, il sera de retour dans le monde bourgeois de son enfance.

Pour des raisons qui lui échappent encore, il est de sa mère le préféré. Elle l'avait élevé de telle sorte qu'il devînt son meilleur ami, son compagnon des soirées lyriques au Théâtre des Champs-Élysées, son accompagnateur au musée Marmottan, son porte-sacs lors des emplettes de fin d'année chez les meilleurs artisans des arts de la bouche. Sa famille est un spécimen de la bourgeoisie catholique aimable et respectable, respectueuse de la femme de ménage à qui l'on fait des cadeaux pour chacun des anniversaires de ses enfants, une bourgeoisie intellectuelle et nullement commerçante, admirative du travail des artisans – une bourgeoisie un peu à côté de la plaque mais qui croit fermement n'avoir rien perdu du sens des réalités. Dans son enfance, les vêtements étaient achetés neufs et résistants ; ils se passaient de frangin en frangin, frangine incluse. On n'aimait pas l'ostentation ; on méprisait les nouveaux riches.

Les Boniteau éprouvent une aversion certaine pour le clinquant et l'inculte – mais Paul sait qu'ils votent en pensant à leurs impôts. Ils vomissent les semi-éduqués et leur prétention, leur inculture et leur baratin en angliche, mais ils ont glissé quatre fois dans l'urne un bulletin marqué du nom de la Mazurka. Ils sont gentils, généreux quand la tête leur revient, cultivés sur une terre qui sera déserte après eux, mais du temps de la Commune ils auraient appelé l'armée. Paul en est livide, patraque jusque dans les synapses : il est le fils de ses parents. Aimable, fiable, bon copain mais pleutre et, finalement, pas si allergique aux convenances et à l'habitude. Toutes ces fois au cours desquelles un collègue s'est fait bananer sur ses heures de récupération, toutes ces fois au cours desquelles une dame aux caisses s'est fait réprimander comme une merdeuse devant lui, il a baissé les yeux, tout en fustigeant le responsable après coup, dans une harangue qui le rendait populaire en salle de pause. Aurélien était père quand il se démenait avec les notes de bas de page de sa thèse. Paul n'avait jamais eu peur pour son bien ; personne ne viendrait lui ôter ce qui lui revenait. Aurélien n'était ni résistant, ni militant : il survivait.

Madame Boniteau avait placé entre les mains de Paul un livre avant qu'il eût été propre – ce fut, à proprement parler, un cadeau empoisonné. À l'adolescence, il dévora les classiques ; de la littérature seule lui vint un sentiment d'appartenance, la fierté d'être français. Son identité, c'était la langue – pas le carré de plastique aux bords arrondis avec sa photo en noir et blanc maculée d'un petit RF scintillant, pas les étendards tricolores secondés du drapeau bleu étoilé qui flottaient paresseusement sur le fronton des bâtiments administratifs jamais ouverts, pas *La Marseillaise* folklorique des podiums, pas le laïus usé jusqu'à la corde sur les Lumières et les droits de l'homme.

Aurélien était français par la terre. Paul était français parce qu'il lisait Victor Hugo sans altération ; la langue de Rabelais fourchait peu de la sienne ; Balzac n'avait pas écrit loin de lui et cette proximité avec des hommes admirables lui offrait de quoi marcher la tête haute : il était né sur le sol qu'avaient foulé d'immenses écrivains. Aurélien foulait le sol que sa famille foulait depuis des siècles. Il s'était syndiqué sans jamais lire une page de l'histoire des syndicats – comme les révoltés d'hier et de ce matin mettent en place la contre-offensive sans lecture préalable, faisant fi du lest théorique. Il y a chez ceux qui luttent un instinct que Paul n'a pas, qui a été annihilé ou qui a disparu, une émasculation par atavisme.

Aurélien, accaparé par la pérennisation de sa ferme et de celle des autres, se contrefout d'assurer la promotion de l'agriculture biologique dans les écoles ou sur les sympathiques marchés de producteurs qui essaiment dans son pays aux beaux jours. Il n'y a rien à gagner, pas plus pour lui seul que pour ses pairs, à s'attirer la sympathie du grand public. Ce grand public au cœur sec et à la tripe sensible n'est ni courageux ni intéressant ; il embrasse des causes comme on enfile une chemise. Après des années de militantisme vain, Aurélien est parvenu à désigner ses ennemis mortels : des hommes très discrets, hors d'atteinte, à la tête de grands groupes déployés en des dizaines de filiales indétectables.

On connaît rarement leurs noms ; il faut chercher dans la liste des grandes fortunes et s'arrêter au premier patronyme inconnu. Ils brassent des milliards en achetant la tonne de lait moins cher que ses coûts de production, en vendant les semis, les produits phytosanitaires indispensables pour pallier le manque de bras dans les parcelles, en acquérant des monopoles qui leur permettent de fixer leurs prix aux agricultures forcés de suivre. Le premier syndicat agricole ne les vise jamais et s'en prend à l'Union européenne (en même temps qu'il prend ses trente deniers) pour entretenir le brouillard, contenir la révolte.

Pour certains de ces puissants terrés, il est impossible de trouver une photographie. Ils ne se montrent pas, s'habillent simplement, vivent aussi confortablement que possible dans des manoirs qui ne payent pas de mine lorsqu'on les aperçoit de loin. Pour le lambda, les puissants de ce monde sont chanteurs ou footballeurs – Aurélien sait qu'ils peuvent vivre dans la Sarthe, chasser, se déplacer dans des voitures presque banales, vêtir leurs enfants sans luxe tape-à-l'œil. Ils sont catholiques ou réformés, toujours extirpés de vieilles familles. Ils sont l'antithèse de la starlette exhibitionniste. Ils vivent près des agriculteurs que l'on trouve pendus au petit matin. Ce sont eux qu'il faut combattre, qui font couler le sang. Ils sont aux paysans ce que la Mazurka est aux travailleurs du pays. Ils dictent leurs normes aux administrations. Dépassées, lentes et moribondes, ces dernières collectent les taxes et mettent en place la répression avec une vigueur de jeune fantassin. À la naissance, Aurélien était prêt pour le combat – c'est sur le terrain de la grande bataille finale qu'il s'apprête à entrer quand Paul refuse qu'on lui casse le nez.

Il y avait plusieurs années de cela qu'Aurélien avait rencontré Philippe, un producteur d'abricots et de pêches du nord de l'Ardèche, dans un patelin sorti de sa torpeur par un immense magasin de sport qui drainait les consommateurs des environs. Philippe avait un jour reçu un courrier lui demandant d'arracher ses arbres atteints de sharka, un virus sans danger pour l'homme dont le seul tort était de blanchir les fruits et de les rendre impossibles à refourguer aux centrales d'achat de la grande distribution.

Philippe vendait toute sa production sur les marchés ou aux petits magasins du coin ; même constellés de petites taches blanches trahissant l'infection, les fruits partaient à un prix honnête. Mais, à quelques kilomètres de là, des centaines d'hectares étaient quadrillés par des abricotiers d'une seule variété, plantés à l'aide de lasers et de planteuses mécaniques, auréolés à l'année de filets protecteurs. Le rendement était mille fois supérieur à celui d'une ferme traditionnelle et la totalité de la production était refourguée à l'Europe entière ou au groupe X qui rejetait les fruits non conformes au très exigeant cahier des charges. Pour voyager, les fruits étaient ramassés encore verts, puis dopés à l'azote et à l'eau. Une fois sur les tables des foyers, les abricots pourrissaient en l'espace d'une nuit, finissaient à la poubelle et dégoûtaient les pauvres des fruits.

Afin de s'éviter des pertes de revenus colossales, les industriels à la tête des exploitations aberrantes avaient exigé des autorités sanitaires de classer le sharka parmi les « organismes nuisibles de quarantaine », ce qui impliquait une surveillance obligatoire. Le classement d'une maladie en danger sanitaire avec des contrôles permettait de justifier des primes d'arrachage. La surestimation d'un problème technique ouvrait le droit à une réponse financière. Les grandes terres martyrisées faisaient bénéficier leurs exploiteurs de ce système fort avantageux, calculant les indemnités au prorata de la surface. Tous les paysans devaient cotiser, même les plus petits qui composaient sans peine avec la sharka. On nommait cela la solidarité.

En 2020, l'Union européenne avait déclassé la sharka de son répertoire des maladies. Chaque pays avait conservé la possibilité de continuer les contrôles et la France, sous l'influence des gros producteurs, avait décidé de maintenir la lutte contre l'innocent virus. S'il n'était guère dangereux, le petit organisme n'en était pas moins ancien et malin ; il avait développé sa propre stratégie de résistance aux divers produits dont on l'arrosait – et ces produits, eux, étaient dangereux.

Les exploitants terriens causaient d'égal à égal avec les représentants de l'État à même de placer la jauge sur les paliers de dangerosité. La vérité n'était ni dicible ni audible. Il n'était guère possible de désigner la sharka comme une des anomalies inoffensives du monde vivant. Pour travestir la réalité, il importa d'utiliser un langage militaire, d'édicter de nouvelles normes, de la présenter aux crédules comme une menace passible de réexpédier l'Europe aux temps des disettes. Le corps administratif redoutait par-dessus tout l'accusation en immobilisme et le battage médiatique. Afin de s'en prémunir, l'État ne lésinait sur aucun moyen, fussent-ils les plus déraisonnés et les plus spectaculaires.

Les recours dont disposaient les paysans étaient quasi nuls, hormis, pour les plus candides, de compter sur la bonne foi de l'institution. Quelques-uns adressèrent de longs courriers, étayés de documents statistiques, de graphiques, de pétitions à leur chambre d'agriculture pour demander de laisser les arbres en paix. Philippe avait fait le choix de la course contre la montre, le temps de trouver une solution, d'alerter les médias, de transformer cette guerre de cambrousse en combat national pour l'écologie. Il ne s'était rien passé.

Une fois de plus, le scandale faisait entendre une clameur si haute que les oreilles et les esprits s'en détournaient. Il fallait craindre la maladie pour que les institutions chargées du contrôle sanitaire existassent. Seuls les petits paysans avaient quelque chose à perdre dans cette affaire – cette chose, c'était leurs arbres, leur labeur, leur vie même. C'était une bien petite chose en comparaison des sommes en jeu et de la pérennité du système en place.

Les petites fermes ne jouissaient pas de la même aura chez elles et dans le cœur des citadins. Sur place, le petit paysan, isolé, était vu comme un ringard, un fainéant qui se contentait de peu de bêtes, d'un petit bâtiment, d'une petite production. On jetait souvent un coup d'œil dans sa parcelle pour commenter son aspect trop naturel, dégueulasse, mal entretenu. Lorsqu'une maladie faisait son apparition, on accusait aussitôt le plus petit. Parce qu'il ne faisait pas comme tous les autres, qu'il cherchait assurément à se distinguer, il était sans aucun doute le plus sale et le plus contagieux.

Un jour, un camion s'arrêta chez Philippe. Il en vit descendre une dizaine de gars costauds, aux vêtements qui indiquaient la banlieue pauvre – des jeunes de Grenoble ou de Lyon affublés de casques et de gilets jaunes. Les contrôles pour la sharka étaient menés deux fois l'an en zone dite contaminée. Le boulot était en priorité confié à des allocataires des minima sociaux. Le chef d'équipe, diplômé, les trimballait de parcelle en parcelle à bord d'une camionnette similaire à celles proposant des pizzas, puis ils se déployaient comme des tirailleurs pour chercher les signes d'infection sur les feuilles. La formation des chercheurs de taches blanches avait été très rapide. Lorsque la sharka fut repérée, ou confondue avec une autre infection, les techniciens de la vérification passèrent les troncs des arbres à la bombe de peinture rouge. Puis il convint d'enregistrer l'emplacement exact dans un boîtier GPS.

Par la suite, un courrier de la préfecture enjoignit au paysan de trancher ou d'arracher ses arbres en un délai fort bref. D'autres contrôleurs furent chargés de vérifier l'exécution des basses besognes. Les arbres étaient encore fièrement dressés. Un autre courrier lui fut adressé, celui-là pour le menacer d'arrachage forcé, à sa charge. En cas d'impossibilité de paiement, son matériel agricole serait saisi. Philippe maintint son refus. Les gendarmes escortèrent l'entrepreneur local chargé d'appliquer la volonté de l'État ; il conduisait une pelle mécanique avec un casque antibruit ; une radio à bord diffusait Rires et Chansons. Sous la prose enlevée de Jean-Marie Bigard, maintenu par les gendarmes, Philippe vit ses arbres sortir de leur sol, leurs réseaux de racines pendouillant dans le vide tels les nerfs d'un corps écartelé.

Aurélien, appelé en renfort, tenu à distance par un gendarme dont le talon s'insérait exactement entre les omoplates, n'avait pas articulé un mot, pas lâché un son. Pour avoir été présent, pour avoir été immobilisé au sol comme le témoin d'un crime de guerre tenu en joue, il avait sa fiche S. Philippe avait craché une petite mare de sang. Les types étaient repartis en laissant des feuilles de papier carbone sur un muret recouvert de copeaux de bois. L'odeur du moteur encore chaud saturait l'air d'acidité. Le parfum du métal brûlant associé au souvenir du bruit du carnage porta sur le cœur d'Aurélien, qui vida ses tripes sur le sol dévasté. Il y avait eu l'envie d'humilier les fortes têtes. On s'était défoulé sur cette ferme comme sur le corps d'un supplicié. Philippe aimait trop les quelques arbres qu'il lui restait pour leur infliger cela ; il s'était pendu aux châtaigniers d'Aurélien.

Ils arrivent chez les Boniteau. Paul ne peut dissimuler un frisson lorsque Aurélien lui demande s'il se souvient de Philippe au moment où madame leur propose des madeleines maison.

10

À l'heure où elle devrait surveiller ses trente-neuf élèves en récréation, Sabrina est encore dans son lit. Elle s'est levée tôt, hésitant jusqu'à huit heures moins cinq à se rendre à l'école, comme si rien ne s'était passé vendredi. Elle n'a pas allumé son téléphone depuis l'annonce de Lina. Elle n'a ni courses ni ménage à faire, pour qui pourrait-elle arranger ce nid ? Elle a compris que, comme son père, Lina ne repasserait que pour prendre des affaires et s'enfuir. Sa fille et elle se séparent comme un vieux couple qui ne converse plus depuis longtemps. Elle n'a ni la force de le regretter ni le courage de l'accepter. Elle aimerait que ses parents viennent la chercher, la ramener dans sa chambre d'adolescente. Elle voudrait que le plus grand de ses frères la prenne sur ses épaules pour lui faire toucher le plafond. Voilà une affaire bien bête, elle avait tant attendu de vivre comme une femme.

Soudain, tout lui revient sans qu'elle puisse arrêter les images à temps.

La tête de l'enfant lancée contre le bord du bureau fait le bruit d'une détonation. Il redresse sa nuque en une fraction de seconde, sans mal apparent, et recommence. Il s'écrase le crâne contre le meuble à la vitesse d'une mitraillette. La torture qu'il s'inflige suit le rythme d'un pic fracassant le bois de son bec. Son visage est impassible malgré les sons caverneux qui sortent à plein volume d'une bouche légèrement entrouverte en un rictus qui barre son visage d'une diagonale inquiétante, surhumaine. Une camarade explose en gros sanglots qui soulèvent sa poitrine ; elle pointe sur le gamin hors de contrôle un index impuissant. « Maîtresse ! Maîtresse ! » Les uns assistent au carnage sans broncher, avec un plaisir manifeste ou une curiosité d'entomologiste ; les autres sont recroquevillés, prostrés, tels les témoins d'une farce embarrassante qui vire au drame.

En un bond, Sabrina traverse la salle ; elle tente de retenir l'enfant en l'enserrant entre ses bras faiblards. Tom se débat comme un diable, projette en arrière sa tête contre le buste de la femme avec la hargne d'une bête que l'on mène à l'abattoir. Les coups de boutoir meurtrissent ses seins et bientôt ses côtes ; les larmes lui montent aux yeux. Elle serre les dents au point de sentir un étau autour de ses tempes puis tente de murmurer des paroles réconfortantes, autant pour elle que pour lui : « Chut, Tom, chut, ça va aller, calme-toi. » Le gamin éructe en un dialecte odieux et pousse des râles qui déchirent son torse ; il semble aux prises avec une force invisible vouée à le réduire en cendres. Il se saisit du bras de la maîtresse et y plante ses crocs. Elle pousse un cri d'animal blessé, attrape le garçon par les cheveux et l'envoie contre le mur avec une puissance qu'elle ne reconnaît pas comme sienne : « Lâche-moi ! Gogole ! Gogole ! »

L'enfant glisse comme une poupée de chiffon. Il paraît endormi malgré ses yeux grands ouverts fixés au plafond ; du sang coule paresseusement de son nez gonflé ; ses mains se sont crispées dans des angles de rage : la silhouette chétive prend un air aussi redoutable que ridicule. Un gamin à la voix traînante déchire le silence : « Ah vraiment, maîtresse, c'est pas bien c'que t'as fait. Tom, il est pas normal. » Un autre vient enfoncer la pointe de son pied dans la hanche de l'élève et récolte un grognement de bovin blessé. Deux institutrices arrivent dans la classe. Leurs regards se portent sur l'élève au sol et l'assemblée hagarde. Sabrina, échevelée, moite de sueur et saisie d'effroi sort de la salle avec un pas lent, sans rien entendre. On ne tente pas de la retenir.

Elle marche dans le couloir ; le tunnel carrelé de marron et de beige tient lieu de purgatoire. Au bout, tout sera différent ; la vie sera encore pire. Elle sent qu'elle a basculé vers une existence marquée par l'infamie et le remords ; la douleur qui monte est vieille de mille ans. Elle n'aurait jamais pensé lever un jour la main sur un élève, encore moins sur un élève aussi fragile, *différent. J'ai été violente avec un handicapé. Je suis tombée plus bas que terre.*

Ses organes fondent sous les torrents d'acide que déverse une trappe au tréfonds de son ventre. Elle sent la vapeur prendre son esprit ; tout est brumeux, sous le coup d'un étourdissement. Sa vision se brouille. Les mots, telles des pinces chauffées à blanc, tenaillent ses chairs ; elle gratte le dos de sa main jusqu'à ce que la traînée boursouflée se rompe, laissant perler le sang. Elle revoit le nez tuméfié de Tom, ce légume biscornu qui turlupine sa conscience. *Voilà ce que tu as fait. Tu as manqué à ta mission. Tu es une tarée. Une malade mentale. Tu me dégoûtes.*

Elle a quitté l'enceinte de l'école et s'est engagée dans la rue. Elle est pareille à une nonne échappée de son cloître. Elle perçoit de plus en plus clairement les pétarades des scooters et le bruit du petit moteur électrique des trottinettes, les étals des primeurs aux fruits sans arôme, l'odeur de sang des boucheries, le parfum écœurant des poulets empalés dans la rôtissoire. Tout lui semble exécrable, abject. Elle se laisse tomber sur un banc en aluminium maculé de fientes duquel dégagent quelques pigeons gras qui s'acharnaient sur un reste de kebab. De grosses larmes brûlantes dévalent le long de ses joues creuses et, pour la première fois de sa vie, elle sent le découragement, la lassitude et la tristesse triompher ; tout aurait pu s'arrêter en cet instant et cela eût été un soulagement.

Elle revient ici et maintenant.

Elle ne désire pas mourir, seulement mettre fin à ce cycle d'emmerdes renouvelées sans embellie, ce goût de la défaite malgré tous les efforts, tous les sacrifices ; elle est épuisée de tourner dans le vide pour passer le temps, fossilisée dans une gangue de lassitude. Il lui faudrait un sens pour tenir encore un peu ; or, le cycle des choses l'épuise sans qu'il y en ait aucun. Elle pense à sa fille, aux parents de Tom, à ses élèves qu'elle a laissés seuls ; une collègue a dû s'occuper de sa classe à sa place. Sur l'unique table du foyer minuscule, au centre d'une pièce qui tient lieu de salon, chambre à coucher, cuisine et salle à manger traîne une trousse rose à paillettes remplie de feutres sans bouchon et de crayons à la mine cassée. L'odeur de l'ail dont raffole la vieille voisine a imprégné tous les tissus de la pièce. La boîte Internet crachouille à intervalles réguliers des petits rais de lumière rouge qui donnent à la pièce des allures de musée sous surveillance vidéo.

Au cours de son premier jour d'école, Tom avait frappé un gosse, un tout frais débarqué de maternelle, parce qu'il avait crié de joie après avoir marqué un but. Tom ne peut être exposé à certains bruits ; la liste des choses à lui éviter s'allonge chaque jour. Il a peur des pigeons et des rats qui traversent la cour ; il refuse de toucher certains matériaux comme s'ils consumaient le bout de ses doigts ; le contact avec le papier lui est insupportable. Il porte ses mains aux oreilles quand ses voisins de table découpent des feuilles. Il lui arrive de renverser son bureau d'une seule main avec une force de monstre mythologique. Sabrina ressent une peine profonde et brûlante face à cette âme incarnée à contrecœur.

Le gamin peut fixer le ciel de longues minutes sans ciller pour suivre le mouvement d'un oiseau que lui seul voit. Par moments, il semble sur le point d'abandonner la partie tant son corps se plie dans le vent ; on dirait qu'il attend qu'une puissance invisible vienne le chercher. Malgré le décalage entre Tom et ce monde, il semble habité par l'univers, par une forme d'intelligence insaisissable, extraterrestre. Le regard de Tom brûlait d'un feu sacré jusqu'au coup porté par sa professeure. L'air hébété du petit, son air de saint entre la fin du martyre et la montée au ciel ont réduit en cendres l'assurance de Sabrina.

Dix ans de fatigue et de solitude. Sa fille grandit dans un espace qui ne garantit l'intimité ni à l'une ni à l'autre. Avec une amertume concentrée jusqu'à la dernière de ses cellules, Sabrina admet qu'élever un enfant est aussi pénible que ce que disent ceux qui refusent d'en faire. L'enfant consomme ses parents comme un service, puis cherche mieux ailleurs. Une fois devenu adulte, il peut se plaindre, faire un bilan, couper les ponts, clamer ne rien devoir à personne, pire : s'être fait tout seul.

Devenir institutrice n'était pas un choix par défaut, encore moins une volonté de se dérober au marché du travail. Elle aspirait à devenir le visage doux qui accueille les enfants qui viennent se planquer de leur famille. Elle avait pris en affection ses élèves, surtout les filles, appliquées et fortes, qu'elle peinait à reconnaître quand elle les croisait dans la rue, tirant leur petit frère par la main. Elle se retrouvait dans ces gamines qui tenaient le rôle de la mère quand celle-ci aspirait des moquettes de chambres d'hôtel ou lessivait des sols derrière une machine à volant dans les allées d'un centre commercial. Elle voulait apprendre à lire aux gosses qui font les courses à la place de leurs parents en oubliant de prendre la monnaie et qui se font enguirlander au retour. Elle sent que la vie a perdu son sel, que l'autonomie et la joie sont réduites en poussière, sans qu'elle puisse dire par quoi. Il y a trop d'ennemis insaisissables, une impossibilité à nommer ce qu'il faut combattre.

Un élève hors normes et incontrôlable l'a mordue dans une énième crise inexplicable ; elle a réagi comme une femme qui n'a plus de ressources, plus la vitalité pour faire face. On aurait pu dire : Sabrina est malheureuse ; elle a eu un geste malheureux. On n'accepte guère les choses trop évidentes. Il faut agir en suivant un parcours fléché – le caractère imprévu de la vie et des réactions humaines est devenu détestable. L'existence se doit d'être algorithmique, prévisible, efficiente. Sabrina pense aux sanctions auxquelles elle est exposée. Des dizaines de merdeux prédisposés aux racontars, aux faux témoignages, aux vidéos virales, aux daronnes nées pour médire et gourmandes de scandales, droguées à l'indignation, exigeant des têtes partout où elles traînent leurs pattes, risquent de témoigner de ce qui s'est passé, arguant que leur enfant ne s'en remettra jamais.

Elle passe chez sa voisine, que Lina surnomme Gousse d'ail ou la Gousse. L'ancienne aux mollets et aux pieds enflés qui déforment ses ballerines parvient à se traîner jusqu'à la plaque électrique ; elle sert à Sabrina un dé à coudre de café absorbé par trois grosses cuillers de sucre. *Est-ce que tu es au courant des dernières nouvelles, ma grande ?* Sabrina fait craquer les cristaux imbibés d'amertume sous sa dent. Non, bien sûr que non, elle ne sait rien. La vieille lui dit que la preuve du viol du gosse Brunet est sortie – elle n'a pas regardé, oh ça non, quelle horreur –, mais la nuit a été mouvementée. Elle semble partagée entre l'excitation et la crainte ; avec l'âge, on redoute la violence, on la romantise moins. Sabrina lui répond que ceux qui mettent le feu aux poubelles ne sont pas ceux qui d'ordinaire lui arracheraient son sac.

Ma grande, tu n'as pas bien saisi. Ce ne sont pas des feux de poubelle. Cette fois-ci, c'est très sérieux.

Elle n'a pas vraiment fini sa phrase quand retentit une explosion. Une montée soudaine de la température, une odeur de plastique fondu et de métal brûlant ; trois voitures incendiées au même instant. On entend au loin la sirène des policiers. Une voix féminine puissante lance un avertissement inaudible. Les volets se ferment. Les derniers badauds se dispersent telles des feuilles éparpillées par une bourrasque. Quelques minutes plus tard, la rue est fermée. Les pompiers ne sont pas arrivés.

Sabrina embrasse la voisine sur le front et se carapate. Elle ne sait pas pourquoi elle supplie les gendarmes de la laisser passer ni même pourquoi ils lui cèdent le passage – sans doute l'ont-ils prise pour une folle. Elle court sans douleur ni souffle court, avec l'instinct d'une bête traquée qui laisse faire ses pattes. Elle court sur du verre brisé qui tapisse le bitume et recouvre les merdes des chiens ; elle tombe sans sentir la paume de ses mains lacérée. Des hommes et des femmes lancent des trottinettes électriques contre la façade de l'hôtel de ville du 19e arrondissement avec une rage qui les rend aussi légères que des plumes.

Sur un mur, il est tagué de frais « Justice pour Enzo ». Des affichettes avec le visage de l'étudiant ont été collées sur les gouttières, les potelets, l'ossature des abribus réduits en cendres et les vitres arrière des bagnoles épargnées par l'alcool enflammé. Imprimées sur du papier jaune, elles transforment la rue en parterre de boutons d'or. Un groupe de gens encagoulés se détache et marche vers la préfecture de police. L'homme en tête du peloton lance « Son nom ! » et on lui répond « Enzo Brunet ! » en tendant le poing à chaque syllabe. La pétarade laisse la place à un opéra de détonations ; des corps tombent.

11

Les Boniteau ne regardent pas la télévision à table et la radio ne vient pas colmater les blancs dans les conversations. C'est une bonne chose, car Paul doit supporter son frère, suspendu au téléphone, qui commente l'embrasement de l'est parisien, rue par rue, notification par notification. Paul ignorait qu'il était de passage chez les parents afin de leur présenter sa fille – il ne savait pas plus qu'il attendait un enfant. Le silence de la mère trahit une conspiration ourdie contre lui. Il n'a jamais pu encadrer la compagne de François, qui n'a pas plus tenté de masquer son aversion pour celui qu'elle désigne par *l'apprenti boucher*, près de dix ans encore après la fin de son apprentissage. Pour accepter de se dupliquer, c'est que François doit gagner très bien sa vie – et Paul est toujours infoutu de donner le nom de son boulot, même s'il sait qu'il y a *consulting* dedans.

Sa compagne est un monstre d'oisiveté ; elle est de ces femmes dépassées par principe, prêtes à se plaindre quelle que soit la question qu'on leur pose, de celles qui ont décidé de la césarienne à la puberté, qui se sont deviné une prédisposition à la dépression post-partum avant même d'avoir pissé sur un test de grossesse. Avocate fiscaliste longtemps établie à Londres, elle s'est posé quelque chose de l'ordre de la question existentielle à l'approche de la trentaine, puis s'est tirée en Autriche pour mener une retraite dans un temple bouddhiste. Depuis, elle enchaîne les formations de danse, d'eurythmie, de gymnastique et de pilates afin de fonder son propre cours à Lausanne. Leur fille, Prana, a deux semaines. Prana Becker-Boniteau. La grand-mère virevolte en serrant la miniature langée.

François et la jeune mère jaugent discrètement Aurélien. Leur mépris relève du subliminal, de l'ombre imperceptible à la commissure des lèvres. Ils évoquent la Grèce et l'Italie comme des arrière-cours ; ils résument de grands pays à des *spots* où *prendre du temps pour soi*. Amoureux du sud de l'Europe, ils s'y font choyer par des femmes plus que girondes qui jouent à la mamma pour touristes.

Ils rentrent de leur cure de sommeil en chantant les louanges de l'art de vivre méridional mais répètent que les Français ne travaillent pas assez.

Ils ont lu ce qui était au programme de leurs études, puis, une fois leur diplôme en poche, n'ont plus ouvert un bouquin. Ils se moquent de l'irrationalité du Français lambda mais prennent au sérieux les druides et les sorcières du bois de Vincennes. Ils s'opposent tous les cinq ans au fascisme. Pour eux, sans l'Union européenne, le continent est condamné à la guerre. Ils résument les pays à leur potentiel économique. Ils se disent appartenir à l'élite culturelle mais ne parlent de l'Europe centrale que pour évoquer le *fric à s'y faire*. Ils sont fiers de voir plus loin que les autres : ils se contrefoutent de l'hiver à venir, seules les températures de l'an 2100 parviennent à les rendre anxieux. Ils sont au demeurant très gentils.

La mère de Prana lui rappelle la seule fille qui vaille d'être mentionnée : Constance. La seule qu'il avait ramenée ici et qu'il avait aimée entre les draps repassés par sa mère. C'est Constance qui lui avait permis de tenir jusqu'au doctorat – sans son soutien, il aurait lâché l'affaire après la licence. Constance était tombée amoureuse comme on tombe dans les escaliers. Elle le lui avait fait comprendre, maladroitement, puis franchement, au risque de perdre l'amitié pas très fine qu'elle avait engagée pour l'approcher. Lui s'était laissé faire sans trop comprendre. Constance avait aimé qu'il soit comme elle, un bourgeois, un garçon de Sèvres, un qui ne tiquait pas sur son prénom ; elle avait trouvé un camarade à Nanterre, un garçon bien élevé et fin ; elle lisait ce qu'il lisait ; il la fit progresser mais elle avait ce qui lui faisait défaut : une hargne qu'on nomme ambition.

Il lisait avec voracité et amour ; elle lisait par désir de se démarquer de ses sœurs juristes, monstrueuses de pragmatisme. La race de celles qui n'ont que « le bon droit » à la bouche. Bien qu'elle lût moins que Paul, elle avait le don de mettre la moindre ligne de prose en avant afin de se faire passer pour plus cultivée qu'elle n'était ; son père connaissait le Paris des lettres pour être l'un des avocats des grandes maisons d'édition ; elle ne craignait rien : elle attendait son tour.

Ils obtinrent tous deux leur licence ; Constance eut de meilleures notes aux examens que Paul. Il s'inscrivit en master recherche et Constance à la faculté de communication et d'information de la Sorbonne. Après six mois de relation, Constance explosait d'amour ; elle voyait en Paul son allié, son complice, mais aussi une figure de probité intellectuelle qui la ramènerait aux choses importantes lorsqu'elle aurait pris du grade. Elle serait celle qui se nourrirait intellectuellement auprès de lui, universitaire précaire, qui aurait le temps de lire tout ce qu'elle n'aurait pas le temps d'approcher, la faute à des fonctions chronophages et bébêtes auprès d'auteurs rentables et médiocres. Il rédigerait pour elle des fiches de lecture. Il serait comme un conjoint au foyer ; il travaillerait à perte pour l'amour de la littérature ; elle contribuerait au naufrage de celle-ci. Paul, comme elle, savait que les choses dégénéreraient dans les années à venir. Il parlait d'apprendre à faire quelque chose de ses mains ; elle avait songé au maraîchage, pour leur maison percheronne. Elle avait pensé à tout.

C'était bien le problème car Paul était lent ; tandis que Constance voyait un avenir à deux, il se faisait à peine à l'idée de ne pas dormir seul. Il vivait chez ses parents ; Constance était logée dans un petit studio que son père avait acheté pour les études de ses filles et Paul ne pensait jamais à y rester pour la nuit sans la demande expresse de l'intéressée. Une fois que Constance dressa ce constat, elle lui en fit le plus souvent possible le reproche. Pour elle, son manque d'initiative, son manifeste déficit de désir de vie conjugale, même sporadique, ne pouvait que signifier un amour débile. Il vivait mal ces objurgations car il n'était pas même à la hauteur des charges retenues contre lui : s'il ne songeait jamais à venir dormir chez Constance, c'était bien par patauderie. Il ne supportait pas de la voir souffrir pour sa bêtise, sa lourdeur ; sa maladresse ne méritait pas de telles larmes brûlantes. Il ne savait comment la raisonner.

Au bout de deux ans, Paul réalisa qu'il l'aimait. Ce n'était pas un amour comparable au sien ; ce n'était ni absolu, ni inconditionnel : il s'agissait d'un amour mérité, d'un profond respect ourlé de la plus délicate des affections. Il l'aimait car elle lui avait démontré, tous les jours, qu'elle l'aimait au centuple. Elle avait arrosé cent fois un champ afin qu'une petite graine germât. L'amour de Paul, sincère et raisonnable, équilibrait la passion solitaire de Constance ; si on eût laissé du temps à Paul, il eût fini par arriver au même point que sa dulcinée, lorsque celle-ci se fût libérée des chaînes de l'amour abêtissant. Mais il était trop tard. Constance s'était lassée de cette croisade sans but.

Lorsque Paul sut qu'il n'avait plus peur des rêves de Constance, celle-ci avait fini de divaguer. Elle signa son contrat d'embauche chez Flammarion au terme de son année d'alternance tandis que Paul partit à la pêche aux financements pour sa thèse. Il n'obtint pas de bourse. Il s'installa chez elle et elle le prit comme un acte intéressé. La présence de Paul, alors, la heurta. Elle commença à se méfier de lui, à redouter qu'il ne la prît pour une vache à lait. Elle nota chacune de leurs dépenses. Elle se prit de jeu à son nouveau métier ; elle avait une soif de reconnaissance redoutable.

Elle était vive, finaude, alerte, et elle disposait de la faculté de tout retenir sans jamais prendre de notes – une fausse bonne élève, pas si bûcheuse, du genre roublarde en robe à fleurs. Elle se souvenait d'à peu près tout ce que disaient ses collègues, des banalités déguisées qu'ils oubliaient sitôt prononcées, et elle le leur ressortait au moment opportun ; ils s'étonnaient avec bonheur qu'une jolie petite rousse pensât tout pareil qu'eux. En s'engageant dans la voie doctorale, Paul savait qu'il ne faisait que reculer l'échéance fatidique de l'entrée dans la farce professionnelle. Il passait pour un adolescent, désormais, aux yeux de Constance, qui se faisait courtiser par un vieux satyre verbeux aux formidables notes de frais.

Constance ne trompa pas Paul ; sur le plan charnel, elle avait eu le sentiment dès les premiers émois qu'il était en deçà de ce qui pouvait se trouver. Il n'avait pas plus d'initiative dans ce périmètre-ci que dans les autres contextes. Elle ne pouvait se résoudre à chercher du plaisir ailleurs mais elle lui refusa les attentions intimes – il ne la dégoûtait pas ; c'était pire : il l'exaspérait. Elle n'avait plus de gestes tendres dans les situations les plus banales et celles-ci semblaient plus grises, plus cruelles de vacuité. Il se sentait délaissé tout en comprenant que Constance ne fût plus en mesure de le secourir à chaque bouffée de lassitude ; elle, elle aimait ce qu'elle faisait. Elle parvenait à se projeter sans angoisse ; elle associait l'avenir à une promesse, à une route dégagée : elle incarnait un défi à la morosité qui avait infiltré les murs du pays. Elle avait mieux à faire qu'encourager Paul comme on branche en fin de journée son petit appareil déchargé. Même s'il en avait eu l'envie, il n'eût pu la rejoindre dans les cercles de relations qu'elle traçait autour d'elle, l'air de rien. Il n'avait aucun talent pour se vendre.

Paul se mit à entretenir quelques correspondances creuses et phatiques avec des inconnues sur les réseaux sociaux. Il tenta d'essorer sa solitude dans une vie parallèle et dématérialisée, dans un mensonge au creux duquel trouver une petite place. Il n'avait nullement l'intention de rencontrer quiconque mais il envoyait des invitations à celles dont la photographie de profil évoquait une propension à se dénuder. Il badinait auprès de femmes qui ne connaissaient pas le mot. Certaines devaient se sentir intelligentes à son contact, d'autres se projetaient sûrement – naïves qu'elles étaient à se croire parties à la pêche à l'âme sœur en exhibant leurs seins. Elles étaient, pour la plupart, impressionnables et affectueuses ; leurs charmes étaient un hameçon pour attraper un homme qui n'était pas là pour cela. La misère relationnelle mutile. L'expérience quotidienne du gouffre qui sépare la vitrine de soi dans le monde numérique du monde sensible est une souffrance.

La technologie de l'exhibition attirait davantage les hommes. Une femme, même aux abois, eût trouvé ridicule de reluquer des inconnus – tant qu'à faire, s'il eût fallu parer au plus pressé, une femme peu regardante eût pu soulager sa brûlure pulsionnelle bien vite tant les candidats, dans le camp d'en face, étaient nombreux. Il n'y avait aucun intérêt à errer sur Internet pour mater des corps masculins. Le rapport à l'imaginaire était différent d'un sexe à l'autre. L'homme pouvait éprouver l'élan inférieur pour une femme laide – la laideur pouvait même s'avérer quintessence du fantasme. Dans leur psyché érotique, les hommes révélaient une incroyable complexité, une densité qui leur faisait défaut dans presque tous les autres domaines de leur vie. Dans la course à l'exhibition présentée comme un progrès, le corps des femmes était accessible, banalisé.

Constance découvrit dans le téléphone de Paul des dizaines de captures d'écran ne montrant que des pis vergeturés – au moins, son amour de l'authentique n'était pas trahi. Il y avait décidément quelque chose dans l'attitude des hommes qu'elle comprenait mais qu'elle ne pouvait endurer. Elle savait que Paul lui était fidèle, physiquement. Mais l'idée qu'il cédât aux sirènes du voyeurisme au lieu de se battre pour son couple la désintégrait. Il nourrissait ces conversations ; Constance voyait bien que, lorsque celles-ci étaient sur le point de s'éteindre après quelques jours de silence, il revenait souffler sur les braises, souvent avec une photo humoristique qu'il envoyait à cinq femmes dans la même minute. Il partageait avec elles des traits d'esprit dont elle avait pensé jusqu'alors jouir de l'exclusivité.

Constance avait vu, tout au long de son enfance, son père au bras d'autres femmes sans que sa mère y trouvât rien à redire. L'avenir de ses trois filles prévalait sur sa fierté ; il y avait un instinct bourgeois, une envie d'offrir à sa progéniture ce qu'une mère seule ne peut payer – le pragmatisme avait triomphé, pour le plus grand bonheur des filles, qui avaient pu choisir leur avenir sans que jamais l'argent eût posé problème. Pour ses parents, le mariage était un contrat aux multiples clauses et l'amour n'était pas même un détail. La mère s'était vengée en se faisant offrir les meilleures places au Français ; elle exigeait Bayreuth, la Corse, la Sicile et les plus beaux escarpins ; elle obtenait tout. Mais Constance pouvait faire le choix de passer son tour ; quelque chose, dans le bien nommé air du temps, décourageait les jeunes femmes qui en avaient les moyens à se plier à cette énième manche jouée d'avance dans l'éternel jeu de dupes de la vie conjugale. Au contact de Paul, en lisant dans son dos ses pitoyables sérénades auprès d'inconnues tout aussi ridicules, elle ressentit un dégoût profond des hommes.

Des coureurs de jupons, des fanfarons, des mythomanes, il y avait toujours eu. Dans le passé, leur périmètre de nuisance était restreint aux murs des dernières bâtisses du village. Les voisins prévenaient leurs filles et le regard moqueur des villageois renvoyait le nigaud à sa condition. Désormais, on se rendait désormais disponible sans garde-fou, sans protection, sans que personne eût pu mettre quiconque en garde. Constance savait que tous les hommes, même, à l'instar de Paul qu'elle aimait en dépit de tout, les plus polis, les plus droits, les plus brillants, les plus émotifs, les plus fins étaient tentés d'encourager la surenchère entre femmes, à celle qui aurait le plus de coups d'œil, le plus de soupirants fantoches, celle qui se ferait sentir comme soumise et pleine d'envie, dût-elle dans sa vie s'afficher comme féministe. Ce constat, une fois digéré, annonçait le divorce de la jeune femme avec ses propres attentes. Il ne lui était plus possible de désirer un onaniste adulescent aux fantasmes grotesques et découverts. L'idéologie pornocratique atteignait tous les hommes et brisait toutes les femmes, qui redoutaient d'évoquer leur souffrance, de crainte d'être traitées de réactionnaires ou de rétrogrades.

Constance comptait bien prendre sa revanche avec sa carte bancaire. Elle vengerait sa mère avec son propre argent ; elle comptait bien ne rien devoir à un homme, quitte à se passer du très relatif bonheur de la maternité. Elle avait mieux à faire que se lancer dans la course à l'échalote du clic libidineux. Elle ne pouvait, si jeune, supporter la concurrence vache à laquelle les femmes se prêtaient en s'exposant de plus en plus. Elle pouvait bien être plus jolie, plus lettrée, plus fine que ces inconnues, elle ne faisait pas le poids face à leur narcissisme exprimé dans l'exhibitionnisme. Les hommes avaient beau trouver cela grotesque et méprisable – ils eussent tous refusé à leur fille ou à leur sœur de faire ce qu'ils aimaient que les sœurs des autres fissent –, ils se prêtaient au jeu de bon cœur.

Les hommes jadis ne pouvaient vivre sans leur épouse car les femmes étaient cloîtrées; si la légitime n'était que peu désirable, amochée par les grossesses rapprochées et enlaidie par la dureté de l'existence paysanne, elle jouissait de son monopole dans l'existence du mari; ce n'était pas photogénique, mais cela fonctionnait. Les femmes ne pouvaient vivre sans leur mari, qui nourrissait la famille par la force de ses bras. Hommes et femmes étaient interdépendants dans une relation symbiotique exigée par la reproduction non contrôlée. Avec la gestion des conceptions, les mâles étaient devenus des taureaux dans la vie des femelles : des êtres gras qui coûtaient cher, qui n'étaient pas utiles, qui ne faisaient rien et que l'on gardait chaud pour un ou deux éventuels petits. Leur semence coûtait plus cher que l'or fondu. Dans l'espoir d'un enfant, il fallait supporter des années sous son toit un type qui ne savait pas planter un clou sans finir aux urgences.

Des nénettes trop jeunes qui testaient leur pouvoir d'attraction en dehors de la vraie vie au lieu de se consacrer à leurs études aux nanas en train de vieillir seules qui entendaient se rassurer quant à leur décrépitude entamée – elles étaient des millions à se montrer, à se rendre grotesques et méprisables pour ne rien récolter hormis des branlettes suivies de sarcasmes d'inconnus qui ne boudaient pas leur plaisir. C'était cela, la réalité sordide derrière chaque photo crapuleuse mise en ligne. Les premières victimes étaient celles de l'entre-deux de l'âge : trop vieilles pour avoir à se prouver des choses et trop jeunes pour vouloir se rassurer, les prudes, les mères.

Constance avait gardé cela de son éducation : la pudeur. Pas la pudeur ostentatoire des bigotes, mais une envie de ne dévoiler son corps qu'à son entourage, qu'aux gens de confiance ; une pudeur appuyée par une saine prétention intellectuelle : elle voulait être écoutée plus que regardée ; elle aspirait à être reconnue pour son travail, pas pour ses mamelles offertes en pâture. Elle se sentait libre en travaillant, en conversant dans le calme, en marchant, en sachant qu'il lui était permis de faire l'amour sans avoir à rendre de comptes aux hommes de sa famille – pas en exhibant son cul. Ce que certaines faisaient, elle n'eût pu le faire – c'était physique. Mais les désinhibées lui causaient du tort et le savaient car ce tort leur permettait de se gausser, de prendre une revanche sur leurs vies. Elles se savaient objet de disputes, source de jalousies de la part de femmes qui dans le monde sensible ne lui lançaient pas un regard.

Un soir, Constance entama un monologue d'une voix chevrotante sitôt Paul eut retiré ses chaussures de sécurité. Il n'était pas à la hauteur ; elle n'avait jamais attendu beaucoup de lui, simplement qu'il se montrât capable de faire en un peu moins bien ce qu'elle faisait. Elle était, sans le savoir, une professionnelle de l'amour, une athlète de la conjugalité, capable de penser pour deux sans se négliger, en mesure de penser aux moindres détails domestiques pour simplifier l'existence sans que cela fût perceptible aux yeux des profanes. Paul ne pouvait la concurrencer sur ce plan ; elle avait toujours été plus en couple que lui. Elle se montra digne, appliquée dans le choix des mots, lui demandant régulièrement s'il était d'accord avec sa restitution des faits, soupirant d'aise à chaque acquiescement silencieux, puis elle lui annonça qu'il avait la soirée pour regrouper ses affaires. Son visage était déformé par la déception. Elle le regardait avec pitié. Paul fut sonné. Il lui demanda s'il y avait un autre homme. Elle éclata d'un rire franc et aigre.

Non, il n'y a personne. Je ne veux plus de toi.

12

François annonce la mort d'un homme, place des Fêtes. L'information est tombée ainsi : un homme de trente-deux ans est décédé à onze heures et vingt-sept minutes – on ne sait si c'est un accident policier ou un meurtre des manifestants. Madame Boniteau est sous le choc, avec parcimonie. Aurélien ne dit rien. À sa façon de saucer son assiette, il a tout du militaire qui profite de ses dernières frites au mess. Boniteau père y va de son commentaire plein d'emphase sur la vie dont il faut savoir jouir sans jamais la mettre en péril inutilement. Chacun dans son rôle et à sa place, dans l'ordre immuable de la bourgeoisie qui, siècle après siècle, déplore la violence sans jamais saisir dans quel bouillon fermente la violence. Paul est de retour dans sa chambre. Son doctorat est encadré au-dessus de la cheminée condamnée.

Après que Constance l'eut mis dehors, il se décida à devenir un homme. Sa sœur était en cinquième année de médecine et le benjamin étudiait encore l'histoire en licence ; devant eux, il ne voulait pas quémander de l'argent à ses parents. Il obtint un poste à la réception d'un hôtel franchisé, un remplacement pour l'été. À l'accueil de l'établissement, il fut sommé de porter une chemisette et un badge sur lequel était noté son prénom affublé d'un *smiley*. Une petite télévision à antenne était posée sur une armoire aux portes de plastique imitation acajou ; il ne disposait que d'un ventilateur de table pour composer avec la canicule. Il passa plus de deux mois voûté quelques centimètres au-dessus du faible courant d'air frais. Il se souvenait, encore longtemps après, de l'arrivée à l'hôtel d'un commercial, Jean-Loup Renard. Sa bedaine avait passé les portes automatiques plusieurs secondes avant son museau. Paul s'était autorisé un jeu de mots avec Renart et Ysengrin. Le client l'avait regardé par en dessous avec un petit sourire avant de se lancer dans une diatribe sur l'importance de faire des études : lui-même avait validé son BEP comptabilité avec mention, dans un temps où celles-ci se méritaient ; le talent et la détermination lui avaient permis de gravir les échelons dans l'entreprise fondée par son beau-frère.

Tandis qu'il débitait sa prose, il défripait et étirait un cou rougeâtre constellé de grains de beauté pareils à des pivoines, desquels jaillissaient de longs poils raides d'un blanc de neige. Paul n'avait rien répondu. Il était un employé de basse catégorie, un de ceux payés pour avoir tort. Ce jour-là, il goûta à l'humiliation, aux a priori qui accompagnent les petits et à l'impératif de la boucler en pensant au garde-manger : une réalité que ses parents n'avaient jamais effleurée ; un épisode qu'il tut le soir à table. Ils étaient trois enfants sans histoires – l'aîné sortait d'une des trois plus grandes écoles de commerce du pays et travaillait entre Paris et Hong Kong.

Les emplois précaires de Paul n'étaient aux yeux de monsieur et madame Boniteau qu'un réservoir de futures anecdotes, une façon d'expérimenter quelque temps la vie de bohème – c'était charmant. De l'épisode Renard, Paul n'avait jamais oublié la brûlure des larmes retenues, la paupière agitée, la bile dans la trachée, les mains secouées de spasmes et la tachycardie qui l'avait persécuté de longues minutes après le départ du rondouillard pontifiant. On l'avait pris de haut pour la première fois de sa vie, lui à qui on avait toujours dit qu'il était génial, qu'il irait loin.

Après le souper, Paul avait rejoint des camarades dans un bar. Ces derniers étaient troublants d'insouciance : ils se projetaient ; ils ne doutaient de rien, causant partiels, crédits académiques, hypothétique année de césure assumée comme des vacances aux antipodes. Paul n'avait pas quitté des yeux les serveurs qui passaient entre les tables en rentrant le ventre, à qui on laissait, parfois, quelques centimes de gratification. Il s'était senti proche de ces garçons et de ces filles essoufflés.

Ils couraient ramasser les pintes vides et récupérer les coupes pleines qui claquaient sur le comptoir en laissant s'échapper leur mousse dans de paresseux écoulements. Il irait jusqu'à la thèse ; il le savait. Il n'avait pas peur du surmenage intellectuel. Pour les travaux universitaires, il avait toute la rigueur dont il n'avait su déployer un échantillon pour les jeux de l'amour. Il avait l'orgueil de bon aloi, la hargne de l'athlète, la saine ardeur. Mais, à la vision de ces jeunes gens courant dans le vacarme pour étancher la soif de clients de leur âge, il avait senti que sa destinée se rapprochait de la leur sans qu'il eût pu rien y faire.

Puis la foire à l'intérim et aux entretiens d'embauche reprit. Il fut recruteur de donateurs dans la rue sous les oripeaux de plusieurs organisations non gouvernementales – un travail correctement rémunéré en cas d'atteinte d'objectifs irréalisables. La majeure partie de son temps consistait à essuyer des refus et des quolibets. Il tentait d'arrêter les gens avec de la diatribe culpabilisante qui lui valait de discuter avec des petites vieilles désolées ; elles le trouvaient bien brave mais ne pouvaient rien donner ; heureusement qu'il existait des jeunes comme lui – leur air chagrin face à son imposture lui retournait les tripes comme un gant. Il se sentait sale.

Il proposa le parrainage d'orphelins aux mirettes de gosses Poulbot ; les photographies en noir et blanc mettaient en valeur leur maigreur. Il argumenta au sujet des droits des séropositifs et des homosexuels. Il frémit en évoquant la protection des pécaris et de la barrière de corail. Il eut si honte qu'il préféra l'idée de tirer des palettes dans un entrepôt. Comme un désespéré qui se cogne dans les murs, il se décida à accepter tout ce que l'agence de travail temporaire lui proposerait.

Paul fut chargé d'opérations téléphoniques, télé-marketeur, hôte d'accueil, monsieur pipi au titre pompeux sur la fiche de paye, agent d'entretien, chargé de rayon, hôte de caisse ; il accepta sa condition de prolétaire du tertiaire avec résignation et curiosité ; il lisait dans les transports et achetait tout ce qu'il désirait ; il sortait régulièrement ; il gagnait en bagout : avoir quitté les rayons poussiéreux des bibliothèques de faculté pour patauger dans la mélasse du réel lui donnait du matériel. Il avait des choses à raconter et du talent ; conquérir des compagnes de nuitée fut facile, puis il s'en lassa. Son frère et sa sœur partis, il disposait dans la maison familiale d'un étage pour lui seul et ne contribuait que sporadiquement aux frais de fonctionnement du ménage ; il épargna beaucoup.

Dans les centres d'appels par lesquels il était passé, les ouvriers étaient de plus en plus soumis à des analyses algorithmiques fondées sur la reconnaissance vocale, à travers une boîte noire qui surveillait le ton et enregistrait les performances. Les travailleurs étaient sans cesse évalués et soumis à l'angoisse de la notation. Pour ceux qui l'avaient affronté, ce gagne-pain était une folie ; il fallait paraître énergique et empathique, notamment face aux clients odieux à ménager comme de grands prématurés, malgré des délais serrés et des règles de comportement strictes, retranscrire les propos et les remarques des personnes contactées, prendre note du moment opportun au cours duquel les rappeler, connaître sur le bout des doigts une proposition commerciale complexe… Le tout pour sept euros de l'heure dans une région où les quatre murs de banlieue pour célibataire ne se monnayaient pas en dessous de six cents euros.

Au fil des ans, Paul constata que le discours publicitaire appliqué au monde du travail avait réussi à faire accepter de formidables régressions : les bureaux s'étaient dématérialisés et les petites mains du tertiaire avaient avalé comme une liberté nouvelle l'obligation de travailler chez soi, sur son propre ordinateur, avec son compteur d'électricité.

Sans que quiconque eût pu s'y opposer, la vie avait laissé la place aux serveurs informatiques. Un grand nombre de petites interactions formalisées, ordinaires et indispensables s'étaient effacées au profit des machines : il fallait communiquer son adresse et sa date de naissance plusieurs fois par jour pour commander un repas, déclarer ses revenus, payer un billet de train, réserver un hôtel, acheter du parfum, réserver un livre à la bibliothèque ou télécharger sa propre fiche de paye. L'anonymat n'était plus qu'un souvenir. Il était impossible d'échanger avec un être humain au téléphone ; les robots répondaient aux questions fréquemment posées. Les cas particuliers, les changements de situation, les revirements ne trouvaient pas leur place dans les grilles prévues par les algorithmes. Le monde piloté par les statistiques haïssait les originaux, les parcours en vrac, les intelligences atypiques, les autodidactes, et tous ceux, beaux comme laids, jeunes comme vieux, forts comme faibles, qui étaient autonomes.

Trier des montagnes de marchandises en un temps record, vider la cargaison des camions durant la nuit, garder l'œil sur la montre aux toilettes, demander l'autorisation pour boire, déplacer des palettes dans des entrepôts, se familiariser en quelques minutes avec un nouvel environnement à chaque changement de poste, éplucher des légumes en recevant des consignes dans une oreillette, scanner des produits, rechercher dans sa mémoire les codes de centaines d'articles sans étiquette : tout cela nécessitait de la dextérité, de la force, de la concentration, de l'endurance et des qualités relationnelles qui étaient tout sauf naturelles. Le travail non qualifié était aussi divers que les compétences mobilisées pour le mener à bien, loin de l'image de boulots pour débiles légers qui en était donnée.

Entre ses parents, ses derniers camarades d'université, les nénettes chassées de plus en plus paresseusement, ses travaux d'aspirant docteur, ses lectures, Paul était déchiré, éparpillé, jamais le même, pas tout à fait lui-même. Il était inconstant, démoli, doutant même de ce qu'il pensait vraiment. Dix ans plus tard, il est un homme, prêt à abandonner la peur.

13

Pourtant, il acheva la rédaction de sa thèse. Dans les six derniers mois d'écriture, il s'était donné le droit de ne pas travailler une heure. Habitué au labeur physique, il trouva l'exercice un peu terne, terriblement vain. Il se sentit ramollir comme une motte de beurre au soleil. Dans un dernier accès de rage, il soutint, avec succès. Il avait sûrement perdu tout lien entre ce qu'il voyait de lui-même et ce qu'on percevait de lui, car, en se sentant en dessous de ses capacités, on le trouva formidable, confiant, brillant – une question de placement de voix, de stature et de regards francs malhonnêtes. Mention très honorable avec félicitations du jury.

Le vieux monsieur qui avait annoncé cela avec un frétillement de menton s'était aussitôt tourné vers l'assistance afin de lui préciser qu'il s'agissait de la mention la plus haute.

Il fut applaudi. Tout devint flou pendant une semaine. Il n'était plus possible de fuir. Puis il postula aux postes ouverts dans l'enseignement supérieur. Il eut un entretien à Rennes qui se solda par un échec. Il eut un entretien à Grenoble. L'offre publiée semblait avoir été rédigée pour ne convenir qu'au profil du dernier doctorant de la faculté. Il eut un entretien à Montpellier qui se solda par un échec. Il répéta la saynète embarrassante près d'une dizaine de fois avant de capituler.

Un matin, Paul ne quitta pas son lit. Sa mère gravit les escaliers sur la pointe des pieds, comme pour éviter de déranger un mourant, et se plaça devant lui, la face livide, un air de pietà. Elle ne pouvait entendre qu'on refusât de sortir ; comment s'occuper sans un travail ? Approcher de la retraite l'avait tant angoissée, elle qui n'avait alors aucun petit-enfant à garder pour tuer le temps. Lui, était dans la force de l'âge. Il finirait bien par se vêtir, se débarbouiller et descendre prendre son petit déjeuner ; les tartines grillées encore chaudes étaient recouvertes d'une flaque jaune d'or de beurre fermier fondu ; de gros cristaux de sel se mêlaient à la confiture de cerises maison. Ce petit délice valait bien de mettre fin à son caprice. Quel homme raisonnable n'eût lâché tout principe pour satisfaire sa panse ?

Mais Paul demeura insensible au fumet appétissant du pain et du café ; lui parvenaient des rires de connivence émis par le poste de radio ; il sut que ce qu'il faisait était juste. *Allons allons, mon chéri, pourquoi me fais-tu une scène pareille ? Tu n'es pas bien ? Tu n'as pas tout ce que tu veux ici ?* La voix chevrotante eût crevé des cœurs. La mère saisit la main de son garçon et la pressa ; les empreintes des pouces marquèrent la chair épuisée. Le père monta. Bouffi d'importance, il ne cacha son plaisir de prodiguer de grandes leçons de choses. L'emphase se sortait aussi rarement que l'argenterie.

Le corps de Paul désertait. Sa carcasse refusait de suivre les didascalies de cette pièce absurde. Il ne débiterait plus d'argumentaire commercial bien huilé ; il ne rendrait nul compte à un chefaillon ; il n'accrocherait aucun sourire professionnel à sa face ; il cesserait de débiter des poncifs dans l'espoir de s'assurer la sympathie d'étrangers qu'il ne verrait qu'une fois ; il n'arrondirait plus les angles afin d'éviter le conflit avec des belliqueux qui n'attendaient que cela pour se sentir vivre. Face aux clients furibonds et trop abrutis pour comprendre des phrases simples, il ne ferait plus mine de n'avoir pas été clair ; il ne se laisserait plus insulter ; il ne présenterait plus ses excuses aux gens qui le bousculeraient sans tenter de l'éviter. Il cesserait de se croire plus intelligent en ne répondant pas aux imbéciles.

Il ne déguiserait plus ses renoncements en sens des réalités ; la réalité était là, une et immuable : dans le plafond, dans la mouche qui volait au-dessus de sa tête en traçant des rectangles parfaits, dans le matelas aux draps repassés avec de l'eau de linge au parfum de lavande, dans les touffes de poils du chat accrochés dans la moquette, dans le mouvement gracieux des branches du saule pleureur, dans les lambeaux de grâce que le soleil offrait à travers les lamelles des persiennes.

Paul eût préféré rester allongé jusqu'à ce que la faim l'emportât, plutôt que s'arracher à la torpeur, cette pleine conscience de lui-même qu'il goûtait enfin. Il n'était pas seul ; il était habité par l'univers ; chaque grain de poussière avait un sens ; les vers de terre étaient à leur place (les vers de terre étaient superbes, tout comme les scarabées, les fourmis, les champignons molletonneux) ; les oiseaux chantaient des psaumes ; les étoiles révélaient son destin : tout semblait parfait – sitôt qu'il eut fait abstraction des hommes. Peut-être était-ce vrai, les hommes étaient les gardiens de l'enfer des autres hommes qui leur servaient eux-mêmes de geôliers.

Les passants avaient des airs de kapos, des airs mesquins qui n'attendaient que l'occasion de se muer en sadisme pur. L'animosité était palpable ; les uns haïssaient les autres ; on leur avait tant dit que c'était chacun pour soi. Les familles se déchiraient ; les fratries n'avaient aucun sens ; les gamins préféraient leurs copains à leurs cousins – l'idée même de famille était suspicieuse. Il y avait dans les bus des affichettes pour demander de parler au chauffeur avec courtoisie.

Il n'y eut pas de révolte, encore moins de spectacle : il était impossible à Paul de revêtir un tee-shirt « Puis-je vous aider ? », y épingler une petite plaque rutilante, affronter le dehors, l'air acide et les rues hostiles pour s'engouffrer dans un train de banlieue grinçant, y supporter les odeurs de pisse et de sueur, endurer les conversations des usagers, prendre dans la gueule les lumières trop vives de leurs téléphones, les observer jouer à compléter des grilles de lettres masquées toutes les dix secondes par des réclames pornographiques. Il ne ressentait aucune culpabilité. Il était remplaçable ; l'humilité le rendait libre : aucune machine ne se gripperait en son absence, aucune chaîne logistique ne serait brisée. On ne le manipulerait pas par l'ego.

Paul ne consulterait pas un psychologue. Ce n'était nullement un déraillement psychique, un délire ; il avait, au contraire, compris que l'intelligence voulait qu'il changeât de trajectoire. Il ne trouvait rien à reprocher à ses parents. Son enfance avait été douce et façonnée dans l'affection ; il avait poussé sur un îlot de tendresse. Il ne comptait pas payer quelqu'un qui lui eût trouvé des circonstances atténuantes ; il n'avait nul crime à se faire pardonner ; il n'y avait rien à justifier.

Il aspirait à ne rien faire, sentir le passage du temps, lire de la poésie, boire son café à petites gorgées, marcher à son rythme sans regard rivé sur le poignet, récupérer son esprit parasité par les logiciels, les identifiants et les mots de passe. Dépolluer son langage des phrases toutes faites et des mots creux afin de redonner un sens à la parole. Il n'avait pas besoin d'un *psy* qui l'eût aidé à enfouir ce qui lui déplaisait pour retourner *heureux* au travail ou à la pêche au poste de maître de conférences. Se sentir seul face à des bacheliers narquois, non, il n'avait pas soutenu sa thèse pour corriger des copies d'illettrés inscrits en troisième année de licence. Il ne voulait plus rien. Cela était tout sauf dramatique.

Les années avaient défilé dans une valse sans grâce de petits boulots exténuants, d'amourettes sans élan, de soirées sur le canapé à attendre le sommeil et de lectures avortées ; la trentaine était arrivée comme un traître frappant dans le dos. Il vivait *ad nauseam* la même histoire avec des filles belles de loin qui le flattaient de moins en moins, avec lesquelles il se trouvait de plus en plus vite à court de sujets de discussion. Il les quittait avec indifférence ; elles le lourdaient sans élégance ; certaines ne s'étaient pas même donné la peine de le prévenir et les appels répétés qui résonnaient dans le vide, les messages sans réaction et les portes fermées avaient répondu à ses questions.

Il savait que ses contemporains se faisaient vite une opinion, pour se délester du fardeau de la pensée, et il était fatigué de soigner sa présentation, veiller au timbre de sa voix, laisser une bonne première impression, dissimuler ses larmes de crainte de faire peur, veiller à ne pas rire trop fort au risque d'être perçu comme un gai luron sans profondeur, éviter les débats, ne pas s'exprimer sur la politique, s'assurer de n'offenser personne d'un poil trop émotif, ménager les susceptibilités d'êtres balourds qui, eux, ne prenaient jamais aucune précaution. Paul n'avait rien attendu de plus qu'une existence simple et joyeuse, une maison assez grande pour les amis de passage, quelques livres, une jolie femme intéressante qui vieillirait bien, de celles qui conversent sans se forcer et apprécient les taiseux, des enfants vifs et curieux, en bonne santé, qui eussent adoré les dinosaures ; le monde était devenu tel qu'il n'était plus possible que de mener des existences compliquées et ternes. Le monde avait été sali au point que s'en retirer était une libération.

En sillonnant la région, de larges champs dénudés et silencieux pareils à des regs de l'automne à l'été, il en avait soupé de l'idée de s'installer *pas trop loin de Paris*. Il avait vu des villes en ligne droite, sales, laides, occupées par des vendeurs de cuisines équipées et des concessionnaires d'automobiles. Les abords dégueulasses étaient marqués par de gigantesques panneaux publicitaires plantés dans les jardins des pavillons et des stations de lavage auto. Il avait travaillé dans des centres commerciaux mettant à disposition des consommateurs excédés des zones de jeux où ils pouvaient se délester des enfants. C'était un monde d'hédonistes sans plaisirs véritables, obsédés par l'aspect pratique des choses, prêts à sacrifier la dernière fleur des champs pour un parking.

Il fallait que la joie revînt. Alors, un matin, Paul s'extirpa des draps en un grand mouvement qui lui arracha une plainte, puis se traîna jusqu'au couloir aux allures de corridor d'hôpital. Tout chétif qu'il était, il avança dans la crainte de fléchir en se retenant aux murs. Il se vit en vieillard tentant la grande évasion de l'hospice. Il importait de mettre le plus de distance entre ce lambeau de France et lui. Il parvint à un guéridon massif dont la table faite de gros bois était recouverte d'une peinture blanche qui s'écaillait en formant de gros carreaux d'échiquier. C'était là sa première destination. Sur ce meuble se trouvait une carte Michelin qui se déchira tandis qu'il la dépliait.

Son père l'avait parsemée de petites croix au fil des expéditions en famille.

C'était dans le quart sud-est qu'ils avaient le plus bourlingué. Ses souvenirs le conduisirent vers une Côte d'Azur vulgaire et populeuse ; il revit des plages sur lesquelles se confondaient les méduses et les sacs en plastique, défilaient des vendeurs de beignets grimés en homme-orchestre, des bipèdes bedonnants et luisants qui jouaient aux raquettes en empiétant sur sa serviette pour rattraper leur balle. Mais, plus haut d'une phalange sur la carte, il dessina les contours de campagnes jadis traversées en pensant avec émotion à ces coins vides, ensoleillés et enclavés, qui n'attendaient que le retour des jeunes et des familles. Il ne pouvait pas attendre. Attendre davantage, c'était prendre le risque d'y laisser sa peau.

Paul descendit retrouver ses parents dans la cuisine. Il eût pu dire n'importe quoi. Il se trouvait dans une position unique jusqu'alors. *Je vais vivre en Ardèche*.

14

Après la panique vient la stupeur. Le premier souvenir clair de Sabrina est celui de la station Goncourt vers laquelle descendent d'un pas égal des gens ni ébouriffés ni suants. Elle s'est engouffrée dans les couloirs du métropolitain la tête baissée, convaincue que les policiers qui l'avaient laissée passer lui couraient après, puis elle a passé un des tourniquets en se collant à un type qui n'y a pas prêté attention. Elle se sent responsable de ce qui s'est passé – les murs de chaque immeuble de son quartier ont été imprégnés de sa colère et ont fini par la laisser exploser. Elle descend à Châtelet. La foule du centre de la ville la couvrira d'une cape d'invisibilité.

Elle n'y rencontre pas un écho de ce que vit l'est, pas la dernière modulation d'une onde. Elle ne se sent pas en sécurité sur les trottoirs, où s'invitent monocycles, trottinettes, draisiennes électriques, gyroroues, patins à roulettes, rollers et skateboards. Les bicyclettes aux fins tuyaux d'aluminium ont été remplacées par des vélos massifs et motorisés auxquels on greffe d'imposants bacs en bois pour y installer des passagers. Ces engins, si leur moteur est débridé, peuvent rouler aussi vite que des voitures et ont causé des morts – raison pour laquelle a été instauré un permis pour les piloter, assorti d'une immatriculation et d'une assurance obligatoire. Pour ceux comme Sabrina, il ne reste que la marche et la fraude dans les transports depuis que l'abonnement mensuel a dépassé la barre des cent euros.

Comme d'ordinaire, elle se retrouve à déambuler en observant ceux avec lesquels elle partage la ville. Les rues ne bourdonnent pas du nom du gosse Brunet. Les sirènes de la police ne retentissent pas. Les caméras de vidéosurveillance ont remplacé les moineaux. Sabrina observe avec une pointe d'envie les citadins détendus et bruyants qui se dirigent en meute vers le bistrot. Les femmes transforment l'ancien mauvais goût en nouveau bon goût rétro ; les hommes arborent une moustache ironique. Il est bien vu, contrairement à ce qui se fait dans le coin de ses parents, de brouiller les codes et jouer sur l'androgynie. Il y a dans les accoutrements une prédominance des salopettes, du jean, du velours et du wax. Plus ces gens occupent un emploi sous perfusion informatique, plus ils se griment en ouvriers. Les uns portent des bleus de travail immaculés ; les autres demandent aux couturières de leur confectionner une blouse. Les hommes portent des bonnets de marin qui ne couvrent que le haut du crâne.

Ces gens-là ne font leurs emplettes que dans des magasins archi-spécialisés : marchands d'odeurs, boutiques de graines germées, échoppes de protéines végétales, magasins de layettes au crochet. Paris a assisté à une explosion de ces petits commerces haut de gamme qui représentent, dans l'esprit, l'antithèse de l'épicerie de quartier à l'agencement foutraque et à la décoration hasardeuse. Cet esprit, c'est celui qui parcourt les métropoles, de Seattle à Cracovie. Elle sait que ceux qu'elle observe du coin de l'œil se logent dans des clapiers hors de prix où il n'est pas possible de cuisiner. Elle sait que leur sort n'est guère enviable, entre la veulerie et la dépression, tout seuls qu'ils sont eux aussi à dépendre de l'algorithme pour tirer un coup, à se recroqueviller en position fœtale à l'idée d'une conversation franche.

Ils n'élèvent pas leur enfant comme elle. Ils pensent avec un grand sérieux à des choses saugrenues dès le résultat du test de grossesse : éveil musical du nourrisson, massage bébé, aquagym du tout-petit, couches biologiques, chambre feng shui, veilleuse sans électricité, procédure anti-bactériens, huile de noix; chaque euro qu'ils dépensent est un marqueur identitaire. Ils tentent de se démarquer, de s'affirmer, à travers chaque acte de la vie courante; ils font leurs courses avec un filet à provisions récupéré chez leur grand-mère ou font ostensiblement des mots croisés en attendant le bus, tout en gardant leurs écouteurs sans fil au creux des oreilles. Les femmes se font recouvrir les avant-bras de motifs qui évoquent les traditionnels dessins tracés au henné. Les hommes misent sur de faux tatouages de loubards ou des personnages de la pop culture.

Ils sont obsédés par l'intelligence. Ils veulent tout connaître des mécanismes du cerveau et adulent les machines. Ils parlent en statistiques. Ils résument l'intelligence aux connexions neuronales; les choses du cœur leur sont inconnues.

Ils ne ricanent plus des religions car l'idée même de Dieu leur est devenue étrangère. Ils voyagent pour voyager ; ils disent *bouger* en évoquant leurs pérégrinations. Ils mentionnent des cités lointaines dans lesquelles ils ont pris des petites habitudes au gré de leurs séjours. Ils évoquent leurs appétences sexuelles sans chaleur ni honte. Ils sont une insulte à la pudeur de Sabrina. Ils sont une insulte à ce qu'elle vit. Et ce sont eux, les gagnants.

Ils ont vu passer la réforme de l'allocation chômage, sans broncher, puis l'envoi au bordel des plus pauvres, en nommant cela progrès ; ils ont vu les dernières usines fermer en réprimant un bâillement. Pour eux, le gosse Brunet était au mauvais endroit au mauvais moment – ou il n'avait qu'à valider sa première année. Ils se disent préoccupés par le sort de la planète, toujours en expliquant que c'est leur môme qui les a réveillés, mais n'ont pas bronché quand les forêts françaises ont été vendues aux spéculateurs chinois. Ils ne sont menacés par rien – c'est pour cela qu'ils votent la Mazurka. Ils connaissent en théorie, dans le cerveau froid qui leur est si cher, ce qui meurtrit le cœur et la chair des autres. Ils ne peuvent frémir devant le sort d'Enzo Brunet.

Elle hèle un taxi. Elle ne peut rester dehors plus longtemps. Le véhicule roule sans encombre ; la radio crachouille des nouvelles variées, se baladant d'un pôle à l'autre, s'arrêtant à peine sur Paris. Elle ressent un doute terrible sur la nature de ce qu'elle a dû affronter. Xavier l'accueille avec un mot tendre étouffé, la face pourpre et les sinus congestionnés. Elle lui a tant manqué. Pourquoi n'a-t-elle répondu à aucun de ses appels depuis trois heures ? Le 19e est confiné jusqu'à nouvel ordre ; la circulation sur le périphérique est bloquée. Il n'est pas possible de sortir faire des courses – les enfants dans les écoles seront ramenés chez eux par la police, à la condition que les parents ne soient pas soupçonnés d'être mêlés aux perturbations de la matinée. *Et les enfants des personnes impliquées ?* Rien n'a été communiqué à leur sujet.

À la télévision, l'accent est porté sur les dommages matériels ; une statuette en plâtre, réplique médiocre d'un modèle exposé au Louvre, vissée sur un socle couvert de graffitis au milieu d'un square, a été détruite et la présentatrice manque de suffoquer face à la civilisation qu'on assassine. Dans le même temps, une vidéo filmée avec un téléphone montre que c'est un tir des policiers qui a brisé la petite œuvre d'art si chère aux cœurs des mazurkistes. L'information diffusée abondamment sur les canaux officiels est automatiquement contredite par les citoyens et les médias indépendants, des canards en ligne à quelques milliers de fidèles, pilotés par les dix doigts de leur fondateur et pas une phalange de plus, faute de moyens.

Au téléphone, la mère de Sabrina témoigne d'événements similaires à Meaux ; une jeune femme qui désirait accrocher la photographie d'Enzo Brunet sur la porte de la mairie a été plaquée au sol par des vigiles qui ont aussitôt appelé la police. La dame est restée face contre terre plusieurs minutes et le portrait du jeune mort a été déchiré avec de grands gestes théâtraux devant les badauds. La police est arrivée et a conduit l'afficheuse jusqu'à un véhicule attaqué par des projectiles. Une émeute a éclaté. Elle ne saurait en dire davantage ; les choses sont allées bien vite ; elle a vu tout cela depuis la salle de pause sur des vidéos peu nettes, prises au bout de bras agités. Xavier ne sait comment répondre. Une fois encore, Sabrina se lance dans une spéculation pour tenter de dessiner les contours de sa pensée. Il ne saurait être absolument indifférent à la mort par immolation, ne serait-ce que parce que c'est sale. Pourrait-il ne pas en saisir le sens ? Il le pourrait. Il serait en mesure d'être choqué par le geste mais de rester pantois face aux manifestations de colère d'une masse qui n'en peut plus d'être gérée aussi inhumainement.

Sabrina et lui ont souvent conversé de l'étroitesse de l'existence. Elle a déploré que les mères soient jugées sur des critères matériels, quantifiables, ce à quoi il lui répondait que dans les relations intimes les hommes pâtissaient du même délire obsessionnel : combien de je t'aime, combien de cadeaux, combien d'orgasmes. Puis cela se passait toujours ainsi, il lui rappelait que son métier consistait à produire et vendre des statistiques afin de prévoir encore davantage les risques de l'existence, jusqu'à faire entrer la vie humaine dans une petite boîte. Et il expulsait un petite rire froid qui instaurait une seconde de silence embarrassé.

Les nouvelles gazouillent au fil des heures. Plus de place des Fêtes, pas plus de Meaux ou de mention de Grenoble, qui a également essuyé des scènes de guérilla dans la matinée. La télévision et Internet évoquent des mondes opposés. Xavier prépare des crêpes en sifflotant tandis que Sabrina fait défiler des pages de vidéos officieuses prises dans les principales villes du pays. Mais, en bas de l'immeuble, des pantins pansus sont écartelés tandis que la foule crie les noms des bourreaux d'Enzo Brunet. Des cris de guerre montent.

Quelques minutes plus tard, le temps de lire une dépêche de l'Agence France-Presse, une présentatrice bien peignée annoncera que le mort de ce matin est Vincent Pereira, un jeune ingénieur de trente-deux ans. Il sera concédé qu'il a été battu à mort par la police, sous les yeux de son épouse.

15

La voix de Paul était lasse après l'hibernation ; elle remonta le long de sa gorge en faisant vibrer ses tempes. Sa mère prit sa tête entre ses mains et déposa un baiser sur son front. Père et fils partirent. Ils traversèrent le pays comme on boucle une corvée, ne prenant le temps de souffler que sur des aires d'autoroute qui leur filaient le bourdon ; la nature à travers les vitres du bolide semblait une aquarelle d'amateur pas bien doué.

Ils arrivèrent à Privas et partagèrent, émus, un couscous sous une tonnelle ; c'était l'été : tout semblait innocent. Ils s'établirent dans une petite chambre d'un hôtel familial. Ils discutèrent principalement du bien à acheter. Avec ses tableaux de chiffres, ses prospectus de banque et ses colonnes de taux d'intérêt, le père se sentait plus utile que jamais et c'était lui, chaque matin, à la première gorgée de café crème, qui ouvrait les feuilles grises de la presse régionale pour regarder les maisons mises en vente. Il y avait beaucoup de bicoques sans intérêt, trop chères pour une ruine, isolées sur du plat, cernées de champs tristounes en monoculture. Les pavillons ocre aux colonnes qui ne soutenaient rien étaient gardés par des lions en plâtre. Des cubes pour passer la corde au cou à leurs acheteurs pauvres, des murs imbibés d'eau et ravagés par la mousse qui accusaient le coup à chaque bruine – des habitats pensés uniquement pour être achetés, jetables et intransmissibles qu'on avait présentés au petit peuple comme l'accomplissement d'une vie, la garantie d'une retraite sereine. Des mensonges visibles de loin. Une arnaque matérialisée. De la vie saupoudrée par-ci par-là au hasard.

« Qu'est-ce que tu feras ici ? » avait fini par demander le père. Le coin était sec et pauvre ; sa vocation semblait être celle de servir d'arrière-cour aux célèbres gorges du pays grouillant de touristes. Paul avait envisagé de proposer ses services aux fermes des environs, faire de l'intérim, vivre avec moins que peu. Il voulait lire. S'il s'agissait de travailler sporadiquement pour régler des factures, peu lui importait la tournure que pouvait prendre le labeur, pour peu qu'il eût été digne et sensé. Ses économies et l'avance sur héritage concédée avec joie par ses vieux lui permettaient de se débarrasser à jamais de l'entrave du loyer. Il allait retaper une maisonnette, aménager sa bulle, sympathiser avec les indigènes, lire, trouver une sauvageonne décoiffée déplaçant son troupeau, lui faire un chiard, peut-être, se lasser d'elle, mais elle serait la bonne : celle avec laquelle il resterait malgré le désintérêt. Il ferait une fois de plus de la manutention, puis des travaux agricoles, des déménagements ; il était prêt à apprendre un vrai métier. *Je travaillerai de mes mains ; je lirai. Je prendrai le temps*. Et le père eut l'air de n'avoir rien saisi. Une semaine après leur arrivée, Paul trouva sa cabane.

Il fallut monter au Cheylard, grosse ville de campagne désertique alliant tous les inconvénients de la cambrousse et de la cité, et poursuivre jusqu'à Dornas, village en ligne droite posé au bord d'une départementale, un patelin oublié au bord de la Dorne : des maisons dont le palier donnait sur la route, des masures aux enseignes peintes rendues invisibles par le temps sur le point de s'écrouler et soutenues par le lierre – des mises en vente pudiques et honteuses, comme on tire une couverture sur un mort –, des rives mousseuses et ombragées, caillouteuses, pas de commerce ; juste un amas de bâtiments vieux et gris dans un étroit sillon laissé par les monts. Ils poursuivirent jusqu'au hameau de Molines. La route était sinueuse et sinistre ; il fallait longer des hectares d'arbres éventrés, explosés ou fauchés comme des épis ; la terre rougeâtre laissait un goût de fer dans la bouche. La voiture prenait toute la largeur de la voie ; un véhicule en face ne lui eût laissé aucune chance.

Arrivé, il respira : la hauteur lui masquait le charnier forestier ; il ne vit plus qu'une vallée boisée et luxuriante. Il entendit la mélopée de la vie débarrassée des hommes : les murets peuplés de vipères sifflaient. Le propriétaire arriva et leur tendit une pince sèche et crevassée, désagréable à serrer. C'était un vieil homme qui faisait sûrement plus que son âge, car ses enfants, guère beaucoup plus jeunes que Paul, avaient fini leurs études depuis peu. Ils avaient décidé de rester à Lyon et Valence, sous des plafonds de gros carreaux en polystyrène, à côté de pots anguleux à billes d'argile pour plantes vertes, à envoyer à la chaîne des courriers électroniques se concluant par des « cordialement » paresseux. Ils discutèrent. Paul aima la maison, en mauvais état, encore habitée par des esprits bienfaisants, agrémentée d'une véranda bricolée légèrement de traviole sous laquelle les grenouilles viendraient festoyer les soirs de pluie. Le chant des locustelles l'invitait à se faire petit pour jouir du concert.

Ils quittèrent les lieux après une seconde poignée de main ; Paul eut le sentiment de partir de chez lui. Le père n'aimait pas la maison. Les travaux seraient trop lourds, sans compter les trajets difficiles et la distance avec le premier magasin de travaux. « Qui choisirait sa maison pour une vie entière en fonction de la proximité avec l'entrepôt nécessaire pour des travaux de quelques semaines ? » Ils signèrent la paperasse devant un notaire à gueule de notaire. Paul ressentit une décharge électrique le long de son échine lorsque le petit trousseau de clefs tomba dans le creux de sa main dans un tintillement délicat.

Paul et son père retapèrent la bicoque jusqu'aux premiers coups de vent frais. Les fins de semaine au cours desquelles le père montait à la capitale comme un émissaire, Paul restait seul. Il dormait dans un sac de couchage sur le plancher perforé par les insectes, semblable à une feuille à musique d'orgue de Barbarie. Puis le chantier prit fin : les jointures étaient mal fichues, le toit de l'avancée fuyait ; Paul serait régulièrement inondé. Il se jura de rester ici pour toujours, dût-il y crever de faim. Monsieur Boniteau partit et laissa son petit dernier livré à lui-même dans ce qu'il assimilait à une brousse sans exotisme. Se rendre à la ville voisine pouvait prendre plus d'une heure ; les routes caillouteuses, étroites et en piteux état qui formaient d'interminables lacets isolaient chaque village. Paul découvrit l'enclavement. Il avait choisi l'Ardèche ingrate, septentrionale, boisée et humide. Il avait perdu toute impatience.

Vivre sans voiture, c'était mourir : moralement d'abord, physiquement ensuite ; destinée qui ne tenait qu'à un réservoir plein. Chaque fluctuation du prix à la pompe se retrouvait dans le contenu des assiettes ; les familles ne se chauffaient pas et les hivers étaient redoutables. Rejoindre la départementale en bas de la petite montagne était l'affaire de vingt minutes d'anxiété. Les premières semaines, seule la faim poussait Paul à sortir de chez lui ; il faisait des cauchemars réguliers dans lesquels sa voiture tombait dans le vide ; son corps s'écrasait contre les rochers de la rivière verdâtre et glacée.

Mais il tint bon. Une tempête de mythe grec arracha une partie du toit. Cet hiver-là fut terrible ; on rapporta la mort par hypothermie d'une dizaine de vieux dans les alentours. Le coût de l'électricité avait explosé. La bagnole rendit l'âme. Paul eut beau chercher comment se nourrir en posant des pièges et en économisant les pommes de terre qu'il avait entreposées, il ne pouvait sans un sou se lancer dans la réfection du toit, acquérir un nouveau char à moteur et tenter de survivre à l'hypothermie. Ses ambitions d'homme des bois paré pour le Grand Effondrement fondirent comme économies sous l'inflation.

Il se résolut dans la douleur au salariat. La seule offre acceptable fut un CAP boucherie en apprentissage, au Cheylard, petit bassin d'emplois et témoin de surprenantes migrations pendulaires. Le type chargé du recrutement, un triste sire rubicond, sous-fifre gonflé d'importance, chef de rayon aux dents longues et à l'ambition revendiquée dans un terroir cul-de-sac, avait tiqué en voyant Paul débarquer avec un CV qui faisait l'impasse sur le passif sorbonnard ; plusieurs années d'intérim en région parisienne étaient déjà fort suspectes.

Paul se présenta en faisant amende honorable auprès du responsable des rayons boucherie, charcuterie et poissonnerie : un homme d'une quarantaine d'années qui en paraissait vingt de plus, dont le désir d'asseoir son autorité suintait à travers le col de sa chemise. Une sorte de Machiavel de supermarché, un être roublard que l'on voyait venir de loin mais qui devait se rêver en as de la manipulation. Paul ne présentait pas sa candidature, il se justifiait. Alors il récita le discours qu'il avait préparé, comme un mea culpa : il travaillerait dur et n'arriverait jamais en retard ; au contraire, il serait tous les jours à son poste avant les autres ; il était un perfectionniste au cuir épais qui ne comptait pas ses heures ; rien ne lui faisait davantage plaisir que le sentiment du devoir accompli. S'il avait un défaut, c'était assurément celui de chercher à bien faire.

Certes, il coûterait plus cher qu'un minot, mais sur un temps de formation réduit ; il avait le goût de la relation client, il voulait travailler de ses mains et apprendre un métier ; et pour ne rien gâcher : il n'aimait rien tant que le travail d'équipe. Il s'improvisa démonstrateur de sa personne comme un vendeur de robots ménagers sur les marchés ; son discours était bien huilé, mais quelque chose eût fait tiquer jusqu'à l'esprit le moins alerte : une évidente intelligence qui tâchait de se faire petite, un vocabulaire trop précis pour être honnête, aucun accent. Il portait des vêtements sans marque de bonne qualité qui trahissaient son origine, celle de la France qui ne redoute aucun prélèvement, qui ne frime pas, qui ne manque d'aucune confiance en elle-même.

Heureux de pouvoir bientôt donner des ordres à un Parigot, le petit kapo des rayonnages fit signer Paul. Et Paul devint boucher.

16

Paul et Aurélien ont quitté la demeure douillette des Boniteau de bonne heure. Ils ont suivi les consignes en laissant derrière eux ce qui permettrait de les identifier. Dans une épicerie de quartier aux produits étiquetés en bengali, ils ont trouvé de quoi griffonner leurs visages. Puis ils ont entrepris de marcher jusqu'aux Champs pour une promenade de deux heures, tête baissée et masque sur le museau. Ils sont arrivés jusqu'à la statue de la Liberté de l'île aux Cygnes, au cou de laquelle on avait accroché un large carton barré de ces mots :

Français
Surveillés
Rackettés
Humiliés
Tués
Brûlés vifs

Sur le socle, dans une peinture couleur sang, il était inscrit :

Vous naîtrez pour être enlevés à vos parents qui travaillent. Vous apprendrez à être utiles à l'économie et à ne pas vous plaindre. Vous ne ferez pas d'enfants. Vous crèverez seuls au travail et une voiture-balai vous nettoiera.

Le pont de l'Alma est gardé par l'armée. Les Champs sont bouclés. Aurélien baisse les yeux et tire Paul par la manche. Ils n'ont pas d'autre choix que celui de faire marche arrière. Sur leurs pas, ils recroisent la dame au flambeau, dont les pieds ont été recouverts de peinture noire par des policiers en faction. Le monde semble grouiller de gardiens d'ordre et de citoyens aux airs de miliciens, prêts à cogner bénévolement.

Ils n'auront jamais assez d'hommes pour contenir la ville si tout Paris se réveille, avance Aurélien.

Il y a des quartiers qui dorment trop bien pour cela, lui rétorque l'acolyte dépité.

Sans doute. Les banlieues s'occuperont d'elles-mêmes, la province se prendra en charge. Paris ne peut arriver à bout de ses flics et de ses militaires, surtout s'ils sont autorisés à mater quoi qu'il en coûte. Les Français embrochés ou écrasés ne représentent pas une perte énorme.

Sur les Champs, sept cent mille personnes se sont retrouvées, prises par un sursaut commun, biologique. *La Marseillaise* résonne comme un souffle de colosse. La masse compacte aux airs de clans communie au travers des noms Brunet et Pereira. Les teintes sombres des vêtements répondent au décor, une aquarelle aux tons gris zébrée du marron des arbres dénudés. Des projectiles sont envoyés contre les immenses vitrines des magasins de luxe que personne ne vient piller. Les employés sont exfiltrés de leur lieu de travail et se voient proposer des vêtements sombres ou des couvertures pour dérober aux regards leurs tenues de pitres. De la peinture en bombe est pulvérisée contre les caméras ; des braséros dans lesquels sont jetés téléphones embarqués par erreur et papiers d'identité fleurissent tous les cent pas. Des taxis volontaires sont improvisés en ambulance ; des scooters portés à plusieurs servent de bélier contre les distributeurs ; l'argent est distribué équitablement aux personnes proches. Les policiers gardant l'entrée des rues perpendiculaires se griment discrètement en lambda pour infiltrer le cortège resserré.

Le visage d'Enzo Brunet est brandi au-dessus de la flamme du Soldat inconnu sous les applaudissements. Une femme de petite taille, moulée dans des vêtements noirs, rejoint le porteur avec le portrait de Vincent Pereira. Elle tend ses bras lentement, dans une théâtralité endeuillée, et pivote légèrement sur les côtés afin que le mort aperçoive la foule rassemblée aussi pour lui. Les rues perpendiculaires à l'avenue la plus occupée au monde sont verrouillées. Le dilettantisme se mue en rage. Les cris appelant à la démission du gouvernement prennent en puissance. Par en haut, du point de vue de l'hélicoptère, la foule ressemble à un essaim en vol. Les oreilles sifflent, les cornes de brume retentissent. Les yeux ne sont plus que deux globes emplis de vapeur.

Dans une chorégraphie précise, un régiment d'hélicoptères stationne au même instant, plusieurs dizaines de mètres au-dessus du sol ; les militaires à bord braquent leurs armes sur la foule et tirent. La rage redouble ; la panique est marginale. Des manifestants venus avec des produits de pharmacie s'improvisent infirmiers ; il n'y a sur les lieux aucun journaliste français. La principale chaîne de télévision diffuse des publicités. Le sang coule dans les caniveaux et le long de l'asphalte ; le sang coule le long des tessons de verre des vitrines. Ceux qui avaient pensé à venir avec des appareils enregistreurs non connectés à Internet immortalisent le carnage. Les corps à terre sont figés dans des figures anguleuses et fières. Les cris des épouses résonnent plus clairement que les autres. Les hommes mutilés se traînent au sol.

Une centaine de soldats d'élite au casque surmonté d'une caméra se déposent sur l'Arc de Triomphe et le descendent en rappel. Les personnes ramassées sous le monument sont encerclées et envoyées contre le sol. Devant elles, un des militaires encagoulés dépose un énorme bougeoir sur la flamme du Soldat inconnu, qui s'éteint sous leurs yeux ensanglantés. On entend le bruit d'os rompus et les cris d'une femme violée. La présidente, depuis le PC Jupiter, assiste au spectacle.

Le temps se déchire en lambeaux sanieux.

17

L'Hymne à la joie résonne derrière tous les écrans et dans tous les haut-parleurs publics. L'annonce de la présidente est historique. Il est vingt heures.

Chères compatriotes, chers compatriotes,
Citoyennes, citoyens,

Aujourd'hui, la France a essuyé la plus grande menace fasciste déployée sur son territoire depuis 1934. Un rassemblement de groupuscules d'extrême droite et d'extrême gauche, sans autres revendications, sans autres ambitions que celle de renverser l'ordre et la sécurité de notre pays et de son gouvernement, a entrepris un coup d'État qui a fait trembler la République. Ces hommes et ces femmes ont envahi les Champs-Élysées, se livrant au saccage, au pillage, au viol et aux exactions les plus barbares.

Mais la République est forte. Généreuse avec les faibles, elle sait se montrer dure avec ses opposants, ceux qui désirent renvoyer la France dans les heures les plus sombres de son histoire. À ceux qui entendent faire plonger la France dans les temps de la peur, du racisme, de l'antisémitisme, de l'homophobie, de la haine de l'Autre, nous répondons ceci : nous mettrons tout en œuvre pour vous détruire. Vous serez jugés sans pitié ; vous serez destitués de l'autorité parentale sur vos enfants ; vous serez condamnés à une peine minimale de trente ans de réclusion. Pour les chefs de bande, l'état exceptionnel de la situation nous amène à modifier la Constitution et à rétablir la peine de fin de vie. La responsabilité qui repose sur nos épaules nous enjoint de ne pas faiblir, de ne pas chercher d'excuses à ceux qui envisagent de mettre le pays à feu et à sang, osant pour cela jusqu'à récupérer la mémoire des morts. Notre devoir est de vous protéger et de protéger vos familles.

J'invoque la loi martiale pour la paix. Jusqu'à nouvel ordre, les Françaises et les Français, les étrangères et les étrangers accueillis sur notre sol seront soumis aux ordres des femmes et hommes militaires. L'Union européenne s'accorde pour nous envoyer des renforts. Je compte sur vous toutes et tous pour faire en sorte que cette phase délicate et sensible se referme telle une parenthèse avant le retour du printemps. Françaises, Français : pensez au printemps.

Pour qu'un jour nos rues soient définitivement lavées de la menace fasciste, je vous enjoins de rester chez vous jusqu'à nouvel ordre. Les personnes en dehors de leur domicile seront mises en arrestation par les forces de la paix. Le téléchargement de l'application de tracking gouvernemental est obligatoire à compter de maintenant. Vous devrez y déclarer votre adresse de confinement et confirmer votre présence à l'application plusieurs fois par jour et par nuit, pour le bien-être de toutes et tous. Seuls les déplacements inhérents aux courses alimentaires seront autorisés, dans un délai d'une heure, une à deux fois par semaine selon la composition du foyer.

Nous nous réservons le droit de couper l'eau et l'électricité aux désobéisseurs, pour la justice. Afin d'accélérer les jugements des ennemis de la nation, nous procéderons au recrutement de magistrats contractuels. Nous invitons celles et ceux qui le souhaitent à se porter volontaires pour seconder l'armée et la police, par un engagement bénévole ou par la communication d'informations sensibles.

Citoyennes, citoyens de France et d'Europe, nous comptons sur votre civisme et votre sens de la solidarité, que je sais un des plus élevés du monde, pour accomplir le défi historique d'éradiquer la peste fasciste de nos territoires.

Vive la République et vive la Liberté.

18

C'est à la troisième tentative que Sabrina parvient à faire décrocher Nicolas. Il éructe. Il a toujours aimé la présidente, son projet, sa voix, sa force, son courage, sa vision pour l'avenir. Il a manqué de pleurer lors de l'appel à ne pas céder aux sirènes des extrêmes. Il manque de s'étrangler. Sabrina peine à se faire entendre. La panique galope dans ses veines.

Je dois récupérer Lina. Je veux être confinée avec elle.

Il lui répond que Lina n'a aucune envie d'être confinée dans le taudis de sa mère. Elle est bien ici et son père prévoit de la faire téléconsulter une psychologue, pendant les quelques jours à venir, le temps que la présidente et ses ministres fassent le ménage dans le grand bordel qu'est devenu ce pays. Elle entend sa petite, au loin, chantonner la dernière chanson à la mode dont elle répétait la chorégraphie il y a peu.

Tu ne peux pas m'enlever ma fille. Tu ne peux pas faire ça.

Le silence lui répond. Nicolas est parti jouer avec la gamine.

Je vais te tuer ! Enculé, je vais te tuer ! On ne m'enlève pas ma fille ! On ne m'enlève pas ma fille !

C'est elle qu'elle projette dans le mur avant d'y foutre ses poings à la vitesse d'un battement d'aile. Ses jointures rompent et trempent le papier peint d'un liquide grenat dont la vision l'excite davantage. Elle veut se saigner à blanc, cela ne va pas assez vite. La morve qui s'échappe de son nez mouille son col ; ses yeux sont collés par le sérum verdâtre que les larmes chassent. Xavier l'enserre doucement, acceptant tous les coups et les insultes qu'elle lui donne. Puis elle s'effondre, épuisée. Comme un figurant de descente de Croix, il recueille son corps inerte et le porte cérémonieusement jusqu'à son lit. Sabrina est attaquée par la fièvre. Au milieu des brumes, elle distingue une pensée nette : *maintenant, je sais qui il est.*

Il quitte la pièce en faisant des « chhh » réconfortants, ceux que l'on adresse aux enfants bruyants ; il revient avec une bande de gaze : *excuse-moi, je n'en ai qu'une. Choisis donc la main que je vais bander.*

Elle rit pointu, comme une petite fille, deux larmes encore coincées dans le coin des yeux. Elle lui montre la main droite en caressant sa joue de l'autre. Il embrasse la main qui le cajole. Il est le premier à dire les trois mots qui libèrent. Les deux dernières gouttes dans les yeux lâchent prise et viennent se perdre dans la tignasse sombre. Puis il ajoute : *je ferai tout ce qu'il faudra faire pour que tu ailles bien.*

Elle est si émue que son cœur endormi la blesse ; il vient cogner contre les côtes, il vient brûler les dernières traces de la peur. Elle lui demande si l'enlèvement de Lina est possible en riant de manière pas si forcée. Il embrasse à nouveau sa main.

Maintenant que la guillotine ou que la chaise à électricité verte vient d'être rétablie, je ne vais pas tenter la séquestration d'enfant et l'assassinat de son père mazurkiste – sans compter qu'il est sans doute en train de balancer ses voisins.

Sabrina lui demande son téléphone pour appeler sa mère. Mais le souvenir de l'application évoquée par la présidente la pousse à l'envoyer contre le mur, en plein milieu des traînées de sang frais.

On verra bien. Je t'aime aussi.

19

Il n'était pas question de s'attarder dans ce cloaque. Les murs et les sols transpirent la soif de revanche de la classe qui s'est sentie attaquée sur les Champs-Élysées. Ils ne s'étaient pas encombrés d'affaires. Ils sont partis avant la fin du discours tandis que toute la famille, nourrisson compris, écoutait religieusement la cheffe. Ils ont quitté la maison sur la pointe des pieds – leur départ fut imperceptible dans un contexte d'annonce de guerre. Aurélien n'y tient plus : il doit retrouver sa femme et sa fille. Paul se fustige mentalement d'avoir traîné l'homme qu'il aime le plus ici. Il passe la deuxième vitesse avec une nervosité de bagnard. Les rues de Sèvres sont encore plus mortes que d'habitude. Ils n'ont pas à passer le périphérique et se convainquent de pouvoir faire vite, dans le dos de l'armée, avant que les menaces de la Mazurka soient mises à exécution.

Mais après le Leclerc de Massy, quand la route départementale devient autoroute, ils sont arrêtés par un barrage. Paul a une seconde d'hésitation pour le forcer. Aurélien dit seulement « non ». Son regard est le même que celui devant les arbres arrachés de Philippe.

Non. On va leur dire qu'on veut rentrer se confiner chez nous. On ne désobéit pas.

Ils s'arrêtent. Des hommes, dont on ne sait s'ils sont policiers, gendarmes ou militaires, leur passent les menottes et vérifient leurs papiers. En scannant la carte d'identité biométrique d'Aurélien, le boîtier noir lâche un son douteux. La fiche S. Le cou de l'homme se gonfle; il se débat. Il reçoit un coup de matraque sur la tête et une décharge électrique dans le ventre. Une femme qui a tout sauf une carrure de policière sort un pistolet et vise le crâne. Le badge sur sa poitrine indique qu'elle fait partie des cent premiers volontaires montés en brigades d'amateurs.

Tu as fait du zèle, Christiane. Pas grave.

De sa voix traînante, Christiane répond : *il ne faut pas que l'autre puisse parler*.

Ma gratitude première s'exprime pour mon agent, amie et indéfectible alliée, Maïa Hruska.

Merci à Jean-François Dauven, mon éditeur. Merci à Isabelle Saporta et aux personnes de la maison Fayard.

Merci à ma famille et à mes amis pour leurs encouragements et leur confiance. Merci à Kévin pour sa patience et tout le reste.

Merci à Philippe Champeley, Alexandre Civico, Manon Frappa, Jean-Marie-Laclavetine et Maël, instituteur investi et honnête.

Merci aux paysans qui m'ont accueillie.

Merci à mes maîtres d'école et à mes professeurs.

Cet ouvrage a été imprimé en France par
CPI Firmin-Didot
16 rue Firmin Didot
27650 Mesnil-sur-l'Estrée (France)

pour le compte des Éditions Fayard
13 rue du Montparnasse, 75006 Paris
en juillet 2023

Photocomposition Belle Page

PAPIER CERTIFIÉ

fayard s'engage pour
l'environnement en réduisant
l'empreinte carbone de ses livres.
Celle de cet exemplaire est de :
0,600 kg éq. CO_2
Rendez-vous sur
www.fayard-durable.fr

Dépôt légal : août 2023
N° d'édition : 82.0969.7/01 - N° d'impression : 175213